玉響《たまゆら》

時の間《あわい》を旅して

柊 祐美
HIIRAGI Yumi

文芸社

玉響《たまゆら》　時の間《あわい》を旅して　目次

第一章　紀行編

――島根・岡山を旅する――

出雲との出会い

「石見神楽《いわみかぐら》」を初めて見たのは、二〇〇二年の秋のことだった。

高校の国語教師をしていた私は、松江市で開催された研究会に参加した。古代の神話に彩られたこの地に、少なからぬ興味を抱いていたからだ。この日のために招聘されていた作家の講話が終わり、高校生によるアトラクション部門へと会は進行していった。

会場となった文化会館の舞台では、色とりどりにとぐろを巻いた大蛇が蠢いていた。恐ろしげな面をつけた素戔嗚尊《すさのおのみこと》が、この大蛇たちと戦っている。舞い手の素早い動き。そのたび煌びやかな衣装が翻り、大蛇たちは次々に退治されていった。大蛇に襲われていた稲田姫も助けられ、物語は大団円を迎えた。

この舞台は、地元の高校生によって演じられていた。演技の素晴らしさもさることながら、笛や太鼓、物語の語り手としての謡《うたい》まで、その見事さに圧倒された。私は久しぶりに、「八岐大蛇《やまたのおろち》」を堪能した。そして不意に、懐かしい思いがこみ上げてきた。

頃は昭和三〇年代。生まれ故郷の小さな町の小さな神社では、秋祭りが執り行われていた。境内には露店も並び、焼きそばや焼きイカの匂いが漂っていた。セルロイドでできた「ひょっとこ」の面を売る店などもあった。地元の人が造った甘酒は無料だった。お茶碗を持って並んでいると、大人の人が順番に注いでくれた。片手に綿あめ、もう一方の手に甘酒を持った私は、両方の甘みで手がべとべとになった。

神楽殿からは笛や太鼓の音色が聞こえ、太々神楽《だいだいかぐら》が力強く演じられていた。演じているのは専門の舞い手ではなく、同級生の父親などだった。笛や太鼓を含めて手作りの、素朴な地域の催しだった。

テレビもまだ充分に普及していない時代、人々は秋祭りを全身で楽しんでいた。神楽の演目は、決まって「天岩戸《あまのいわと》」と「八岐大蛇」だった。陽気な「ひょっとこ」の踊りが始まると、祭は終盤戦である。神楽の面は、子どもの恐怖心を煽る形相をしていた。鬼のような面を付けた踊り手が暗闇で舞う様は確かに怖かった。しかし、その背後に漂う言いしれぬ何者かが、私を魅了して止まなかった。

天照大神《あまてらすおおみかみ》や素戔嗚尊、稲田姫、天岩戸をこじ開けた手力男命《たぢからおのみこと》といった名前と人物像は、母が詳しく説明してくれた。闇の中に浮かび上がる太々神楽の残像は、こうして私の記憶の内奥に刻みつけられていった。

その記憶を再び呼び覚まされたのが、この石見神楽だったのだ。すっかり忘却したものと思っていた神楽が、出雲の地において鮮やかに思い起こされるとは、なんとも不思議な縁を感じる。だから私の出雲通いは、神楽と切り離せないのである。

私は毎年出雲に足を運び、神楽のステージを訪ねるようになった。神楽は水族館の野外特設ステージや、漁港の市場に設けられた仮設の舞台等々、多くの場所で演じられた。最も印象的だったのは、舞台の袖で子どもたちが笛や太鼓に合わせながら体を動かしていることだった。中にはあまりの迫力に泣き出す者もいたが、多くの子どもたちは楽しそうに舞台に見入っていた。

こういった神楽のようなものは、後継者問題が必ず起きる。演者が高齢化し、やがて尻すぼみとなって消滅していくのだ。しかしここ島根においては、若い演じ手が年々輩出されているようだ。子どもの頃から身近に親しんできた神楽、大きくなったらいつかは自分も……という想いは継続する。それほどに、神楽は日常の生活に溶け込んでいたのだろう。

出雲大社の大遷宮のあった二〇一三年、私は大社で催された「出雲神楽」を観ることができた。石見神楽と比べてみれば、静かな舞だった。衣装や動きに派手さはないものの、故郷の神社の秋祭りは、まさにこんな風だった。

記憶の引き出しから、遠い昔の太々神楽の欠片が飛び出してきた。ジグソーパズルのピースがカチリと嵌まった。それは地味で素朴でありながら、強烈な石見神楽よりももっ

石見神楽

と確実に私を捉えた。私と出雲を繋いでいたものは、これだったのだ。

そしてここにも、瞳をキラキラと輝かせながら、神楽の舞台に見入る子どもたちがいた。あの子どもたちは昔の私だ。神話は少しの恐怖を伴って、ごく自然に子どもの心に入り込んできた。あの世界観、まだ未分化の闇の中を彷徨っているようなあの感覚。世界と自分との間には濃い霧が立ちこめていて、容易に行く手が見えなかった。

今にして思えば、どうやらそれは神々の話だったからなのかもしれない。日本人はどこからやって来たのか？ 日本という国は、どのように始まったのか？ 漠とした疑問は、成長とともに彼方に押しやられ、ともすれば日々の現実に消え去っていった。


しかし出雲の空気は、私にその太古の世界の残滓を彫りつけたのだった。出雲平野に湧き立つ雲、宍道湖に沈む夕日。シジミ捕りの船が、静かに湖面を揺らしている。

「会場は松江ですか、出雲ですよね？ 出雲はいいですよぅ。僕は学生時代に行ったんですが、あそこは空気が違うんですよねぇ」

私が出雲での研究会に参加しようと決断したのは、同僚のこのひとことだった。

「宍道湖やその近くの田んぼから、雲が湧き上がってきて。『八雲立つ』って、こういう風景を言うんだろうなぁって思いましたよ」

この言葉は、確かに出雲について言い得て妙であった。私はその後何度も、この「八雲立つ」のイリュージョンを実感することになるのだ。

それは例えば海沿いの小さな漁港であったり、石州瓦の朱色の家並みであったり、雲間から社の千木に降り注ぐ光であったり。そういったものの中に、「八雲立つ出雲」は密やかに残存しているのだった。

秋風が立ち始めると、にわかに出雲への思いがつのる。あの、重い雲に閉ざされた山陰の町。かつてラフカディオ・ハーンは、松江大橋に響く下駄の音を愛でた。日の出に向かって柏手を打つ人々に魅了された。町に響き渡る梵鐘の音、物売りの声、宍道湖の上をたゆたう「霞の帯」（『新編　日本の面影』池田雅之訳　角川文庫）。薄靄が山並みの稜線をゆっくりと縫うように立ちのぼり、「美しい混沌の世界」（同）を造り出すと、ハーンは言う。

出会いは遅かったものの、私の人生の後半は、出雲とのかかわりを抜きにしては考えられなくなってきた。神楽が繋いだ、出雲との出会い。それが今後どんな形に広がってゆくのか、我がことながら興味は尽きない。

加賀潜戸《かかのくけど》

「津上神社」は、宍道湖の北側、島根半島の最北部にある。民家の間の狭い坂道を登ってゆくと、海に背を向けて建つ小さな神社が見えてきた。この神社に行ったのは、二〇〇八年のことである。

最初の目的はこの神社ではなく、ここよりも南西に位置する「加賀潜戸」に行くことだった。そこに行くためには、観光船に乗らねばならない。夫婦での山陰旅最終日、八月初旬の暑い日だった。朝から好天だったので、当然船は出るものと信じていた。

観光船は「マリンプラザしまね」というところから発着している。その日は土曜日だというのに、待合所には人の姿がなかった。おかしいとは思いつつ、乗車券を買うべく窓口に行くと、そこの係員が気の毒そうに、

「今日のこの天候では、船を出すことはできません」

と言うのだった。

空は晴れていたし、蒸し暑かった。これで船が出ないとはどういうことなのか?

「えぇー、友だちはきのう来て乗れたって言っていたのにー」

背後で若い女性の悲鳴に近い声が聞こえた。

「私は去年も来て、船が出なかったんですよーっ」

と、彼女は必死に係員に食い下がっていた。

いつの間にか、不運な乗客がもう一人増えていた。私たちも、自分たちが栃木から来た旨を伝えると、係員は驚き、

「ちょっとこちらに来てみてください」

と言って、私たち三人を二階の展望デッキに案内した。

そこからは防波堤の向こうに、白い波頭が立っているのが見えた。

「船には五十分ほど乗りますので、あの波の様子では危険です。申し訳ありませんが、事故が起きてからでは遅いのです」

その言葉に、私たちはすごすごと引き上げざるを得なかった。

観光船に乗れなかった者同士として、私たちの間には奇妙な親近感が生まれつつあった。

聞けば彼女は、大阪から友だちと島根にやって来たが、それぞれ別行動をしているという。行きたいところが微妙に違うので、互いに束縛しないということらしい。彼女は三十代初め頃に見えたが、このくらいの年代の人はそんな風なつき合い方をするのだろう。道中の意見の食い違いによる衝突を避けるためには、良い方法なのかもしれない。

彼女の旅は公共の交通機関を利用するものなので、松江行きのバスは、二時間後にしか来ないという。

私たちはレンタカーを借りていたので、二時間弱の時間、いっしょにドライブすることにした。

「ここからちょっと北東のほうに行ったところに、『多古《たこ》の七つ穴』っていう洞窟がありますよ。私は前に行ったことがありますが、加賀潜戸に似ているかも」

そう彼女が言うので、私たちは多古地区に向かうことにした。

加賀潜戸も多古の七つ穴も、地殻変動による断層を海が浸食してできた海中洞窟である。特に「加賀潜戸」は、「佐太大神《さだのおおかみ》の生《あ》れまししところ」と『出雲国風土記』に記載されているのだ。あのラフカディオ・ハーンも訪れたという「加賀潜戸」に、私は長年行ってみたいと思っていた。

目と鼻の先にその洞窟があるというのに、観光船の欠航によって夢は潰えてしまった。

島根半島の日本海側というのは、やや寂れた感じの小さな漁港があって、風景としてはなかなかに良い。しかし押し寄せる過疎化の波は避けようもなく、活気のなさは否定できない。石州瓦の朱色が、そんな町に明るい色調を与えていた。

「漁師さんが船を出してくれたので、それに乗って海に出たんだけど、今はやっていないのかな?」

多古地区に着くと、標識はあるのに辿り着けない「多古の七つ穴」を探しながら、彼女は言った。その危惧は当たっていた。地元の人に尋ねたところ、今はそういう船は出ていないとのことだった。

この日は結局、「加賀潜戸」にも「多古の七つ穴」にも行けなかったことになる。

「それじゃ、あそこの高台にある神社に行ってみましょう」

と、夫が提案した。私たちは気を取り直し、地元の氏神を祀っていると思われる小さな神社に向かった。

その神社は「津上神社」といった。車などは入れない狭い急斜面の路地、その突き当たりに、地元の人々が祀る神が鎮座していた。祭神のセオリツヒコとセオリツヒメは、「記紀」にも登場しない神のようだ。素戔嗚尊や大国主命以前の、地域に根付いた神なのかもしれない。

「雰囲気のいい神社ですね。わたし、実は龍笛《りゅうてき》という楽器を習っているんです。なんだか吹いてみたくなりました」

彼女はおもむろに、房のついた緞子の袋に入った笛を取り出した。龍笛というのは、簡単に言えば雅楽の横笛のことである。

長いまっすぐな髪を靡かせながら、彼女はその、日常的にはあまり聞くことのない楽器を演奏してくれた。真夏の太陽は、容赦なく石州瓦の家並みに照りつけていたが、柔らかな笛の音はいくぶんその暑さを和らげてくれたように思う。

期せずして珍しい楽器の音色を聞くことができて、私たちはすっかり意気投合した。彼女との出会いがなかったなら、島根半島の思い出は、目的の場所に行けなかったという失望感が残るだけとなったかもしれない。

松江行きのバスは先ほどの観光船乗り場から出るということなので、私たちは再び「マリンプラザしまね」に戻った。

互いの連絡先の交換は、敢えてしなかった。名前だけを名乗り合った。彼女は大阪に住んでいるが、京都の丹後半島峰山の出身だという。

「小学校の修学旅行先は、どこだったと思います？　京都市内だったんですよ。それくらい田舎に住んでいました。だから山陰のこのあたりは懐かしい感じがします」

不思議な縁に導かれて出会った女性は、「まりさん」といった。またここで会えたらいいですねと行って別れたが、無論、その後再会することはなかった。


一年後の二〇〇九年夏、私たち夫婦はまたも加賀潜戸に向かった。昨年のリベンジとばかりに、今度は行く前に観光船が出るかどうかを電話で確認した。実は、この日の天気は曇り。昨年のような青空ではなかったので半分諦めていたのだが、思いのほか簡単に、「運航している」という返事がきた。

どんよりと垂れ込めた雲の下、観光船は十数人の客を乗せて目的地に向かっていた。こんなはっきりしない天気なのに船が出たのは、風が強くないためなのだろう。海なし県民なので、そのへんの兼ね合いはよく分からない。

いよいよ、目的地の加賀潜戸に近づいてきた。この潜戸は旧潜戸と新潜戸に分かれており、旧潜戸のほうへ先に着く。旧潜戸は直接洞窟内に入れないので、専用の船着き場があった。船着き場の傍らには、「水子供養」の地蔵が祀られた祠があった。この時点で既に、観光客たちの口数が減っていった。

目の前に洞窟へと続くトンネルが見えている。短いトンネルだったが、それが尽きると、一面に賽の河原が広がっていた。

洞窟の中から見た海

亡くなった子どもたちが夜に積むという小石の塔が、訪れる者を慄然とさせる。この場所は海に向かって開けているので、真っ暗闇というわけではないのに、あたりには異様な空気が漂っている。なにか人間の本能に訴える原罪意識とでも言ったらいいのだろうか？

賽の河原の奥には、地蔵や石塔、子どもが好みそうなおもちゃなどが無数に置かれ、息苦しさがこみ上げてくる。ここは、子どもの魂が最後に辿り着く場所だとも言われている。何ヵ所か外の光が入ってくる場所もあるのに、この日はあいにくの曇り空で外光も弱い。同行の人々はみな無言でそそくさと見学し、いつの間にか引き上げてしまっていた。気がつけば、最後まで写真を撮っていた私が取り残され、慌てて同行者の後を追った。背筋が凍り付くとは、まさにこういう気分を言うのだろう。

古人も、この洞窟には格別な思いを抱いていたようだ。時代を経ても人の心を捉え、畏れずにはいられない霊的なものを感じ取っていたのだろう。そもそも洞窟という閉鎖された空間には、人間の恐怖心を掻き立てるなにかがある。抗いがたい大きな存在を目の前にした時、人は祀ることしかできないのだ。

新潜戸に向かう途中、船の上から眺めた旧潜戸は、そこから妖気のようなものが漂っているように見えた。

観光船は、旧潜戸から海岸線を五百メートルほど西に回り込んだ。そこにはまた同じような洞窟がポッカリと口を開けていた。新潜戸である。新潜戸は内部で三叉路を形成しており、高さ四〇メートル、長さ二百メートルの海中洞窟である。

『出雲国風土記』は語る。

「加賀郷（略）佐太大神《さたのおおかみ》の生れまししところなり。御祖《みおや》、神魂命《かみむすひのみこと》の御子、支佐加比売命《きさかひめのみこと》、『闇《くら》き岩屋なるかも』と詔《の》りたまひて、金弓《かなゆみ》もちて射給ふ時に、光加加《かか》明《や》きき。故、加加といふ」

佐太大神はかくしてここで誕生し、後に近くの鹿島町にある佐太神社に鎮座することになる。

新潜戸西の入口を入るとすぐに、白木の鳥居がある。佐太大神は、この場所でお生まれになったと伝えられている。もう少しじっくりと鳥居を見たかったが、船は揺れるし洞窟内は狭いので、あっという間に通過してしまった。しかし長い間憧れていた地にやっと訪れることができ、感慨はひとしおだった。

この三年後の二〇一二年、私は栃木県佐野市の「佐野市立吉澤記念美術館」で、はからずも『出雲国風土記』の世界と再会することになった。私が訪ねたその日、吉澤コレクションの特集「日本画の明治」が開催されていたのだ。川合玉堂や小林古径の絵などが展示されていたが、その中に、「もしや？」と思うものがあった。絵のタイトルは、「神崎《かんざき》の窟《くつ》」。作者は小林古径だった。

長い黒髪の女性が横顔を見せている。首には勾玉の首飾り、白い上着と薄緑色の裳、青い透き通った領巾《ひれ》を肩からゆったりとかけている。女性が見つめる視線の先では、金の弓矢を持った少年が、天に向かって弓を射ようとしていた。少年は大きな岩の上におり、白い布をまとっている。母と思われる女性が、慈愛に満ちた目でそれを見守っているのだ。タイトルも絵の内容も、あのエピソードに違いないと確信した。『出雲国風土記』に書かれた、「佐太大神誕生」の場面である。

一瞬のうちに、あの夏の日が甦ってきた。観光船が欠航となった日、数時間をともに過ごした「龍笛」の女性。彼女はまた「加賀潜戸」を訪れただろうか？　無事観光船に乗ることができただろうか？　あの暗闇の洞窟を見たのだろうか？

私は彼女の吹く龍笛が、洞窟内に響くさまを妄想した。佐太大神やその母、そして現世では生きることのできなかった子どもたち、それらすべての上に響き渡る笛の音。太古の夢幻の世界を包むその音色は、押し寄せる日本海の荒波を突いて、天上の音楽となって流れてゆくのだった。

鉄の道を歩く

二〇一八年の十一月、私は岡山県津山市郊外加茂町の山中にいた。このあたりにある製鉄遺跡を見せてもらうためだった。

司馬遼太郎著『街道をゆく』シリーズの七「砂鉄のみち」を読んで以来、私は、「たたら製鉄」に取り憑かれていた。その旨をネット上に書き込んだところ、たまたま津山市在住の女性が、司馬氏が四十年以上も前に訪ねられた場所を知っていると申し出てくれたのだ。私はSNSというものを信じていないし、好きではないのだが、この時ばかりはSNSに感謝しなければならないと思った。

その女性、Mさんとはその時初めて会った。初対面にもかかわらず、私の趣味につき合ってくれたというわけだ。Mさんは、友人のIさんを伴っていた。実はIさんは、これから行こうとしている製鉄遺跡と繋がりのある人だ。

四〇年前に、取材で津山市を訪れた司馬さんを、福原さんという人が案内した。「砂鉄のみち」にもその旨が記されている。

「福原氏は加茂町の文化財保護委員会の委員長で、この町の万灯山《まんとうやま》古墳やたたら遺跡の保存に力を入れている人である……」

福原さんご自身は既に鬼籍に入られてしまったが、Iさんのお姉様が、福原さんのご子息の妻なのである。ご夫婦は今、この製鉄遺跡の眠る山で、私営のキャンプ場を経営されている。Iさんと親しいMさんは福原夫妻とも顔なじみであり、Iさんを通じて、私の訪問の許可をとってくれたのだ。わずかな繋がりを当てにして訪れた美作国《みまさかのくに》は、この日、美しい紅葉の中にあった。

「私は父とは違って、研究者ではないから詳しいことは分かりませんよ。遺跡の場所に案内するだけです」

六〇代半ばとおぼしき福原さんの息子さんは、キャンプ場の整備でもしていたのか作業着姿で現れた。遺跡は急な坂道を登ったところにあった。「キナザコ遺跡」という風変わりな名前が付いていて、奈良時代のものである。福原さんの父君が、昭和五〇年代に山芋を掘りに行って、偶然に発見したものだ。

現在の「キナザコ遺跡」は、簡素な説明板があるだけの無防備な状態で、クマザサに覆われた山の中腹にあった。

キナザコ遺跡

「時々この遺跡を見るために、ここに来る方がいるのですが、場所が分からなくて諦めて帰ろうとします。いつだったかも私が追いかけていって案内したことがあるくらいですよ」

　息子さんの妻が笑いながら、そんなことを言った。確かに案内がなかったら、見過ごしてしまうような場所だった。

「岡山大学の考古学の先生や、司馬さんも見えましたよ。四〇年以上も前ですが、よく覚えています」

　当時二〇代半ばであったろうと思われる息子さんは、さり気なく言った。

　足下を見下ろすと、地面の一部が黒ずんでいた。おそらくは鉄の痕跡なのだろう。そして石ころとは微妙に異なる塊が、夥しく転がっていた。

「この辺は、今でもこういうカナクソがあちこちにあるんですよ。持っていきますか？」

「カナクソ」とは、製鉄の際に排出される不純物のことで、「鉄滓《てっさい》」とも言われる。私は小さな塊をひとつ持ち帰ることにした。遺跡を包む周囲の紅葉が目に染みた。司馬氏の言葉が浮かんでくる。

「製鉄業者はまぼろしのように掻き消えたまま、伝承も残さないのである」

その昔、名も知らぬ製鉄業者がこの地に炉を築き、鉄を生みだし去って行った。そして今、その痕跡を訪ねた私は、ここに住む人たちと思いがけぬ邂逅を果たしている。

鉄が私をこの地に呼び、SNS上で知り合ったMさんが、司馬さんの文章に書かれた地に私を導いてくれた。著書に登場した福原氏は既にないが、その息子さんは、この山里で地に足のついた生活をされている。

私は、この場所に私を立たしめた「鉄」というものに、改めて思いを致した。

『日本書紀』では、高天原を追放された素戔嗚尊が、息子の五十《いそ》猛《たける》命《のみこと》とともに新羅に渡ったとされている。しかしそこに長居することはなく、父子ともに出雲の鳥上《とりかみ》の峯に至った。二人は新羅から、植林・植樹の技術を持ち帰り、国内の森林を増やした。実は製鉄のためには膨大な量の森林資源が必要とされ、それ故の植林であった。この森林資源、すなわち木炭を元にした「たたら製鉄」が行われたので、この両神は鉄の神でもあるという。

この神話は、朝鮮半島から多くの製鉄業者が渡来し、その技術を伝えたことを意味するようだ。製鉄技術は主として、姫路から出雲に至る「出雲往来」に沿って伝わって行った。

膨大な森林資源を消費して鉄が産出されると、製鉄業者たちは名も残さずその場を立ち去って行った。彼らは別の森林資源を求めて、山から山へと移って行くのだ。出雲往来は今でも山中の道である。だから製鉄業者たちが、この道を辿ったと推測される。

津山市の吹屋《ふきや》地区には、現在でも「百済」という苗字が残っており、その先祖は確かに製鉄にかかわっていたことが分かっている。Mさんも百済さんのことを知っており、司馬さんの著書にも記されている。私が訪ねた津山市加茂町の「キナザコ遺跡」はもちろん、さらにその北の桑谷《くわだに》には、一見して石ころとは異なる「カナクソ」が多々残存しているという。

話は出雲に戻るが、雲南市吉田町には「菅谷たたら」と呼ばれる高殿が現存している。ここでは純度の高い鉄である玉鋼《たまはがね》などを得るための技術が、かなり昔から伝えられてきた。山また山のこのあたりは、良質の砂鉄を採取でき、燃料が得やすいという好条件がそろっていた。高殿の創始は江戸時代の一七五一年。一九二一年まで生産が行われていたというから、大正十年まで操業していたことになる。

二〇一七年夏、某新聞で「たたら製鉄」の情報を知った私は、早速その地に向かった。その情報とは、「たたら製鉄」の名残が今も「鉄穴残丘《かんなざんきゅう》」という風景として、残っているというものであった。

「菅谷たたら」の高殿近くには、大きなカツラの木が、天に向かって聳えていた。鉄の神様は、カツラの木から降臨したという。注意して見てみると、鉄に関係する施設や工場などには、必ずカツラの木が植えてあるのだった。現存する唯一の高殿形式であるこの「菅谷たたら」は、その昔のたたら製鉄の様子を如実に伝えていた。

高殿の巨大さはもちろんであるが、私が最も驚いたのは、この高殿の地下に非常に複雑な地下構造が造られていることだった。直に見ることはできないが、図や説明によってよく分かるようになっている。このように入り組んだ仕組みが、連綿と伝えられてきたことに驚嘆する。

また、一連のたたら製鉄の工程から生まれた言葉もある。作業の一つに、「吹子《ふいご》踏み」というものがある。その役割を担う者を「番子《ばんこ》」と呼ぶが、天秤吹子を踏み続けるのは過酷な労働であった。そこで交代でこれを行い、このことから生まれた言葉が「代わり番子」というものであった。私たちが日常で用いる言葉が、「たたら製鉄」に由来していたとは思いもかけないことだった。

今までこの高殿を訪れる人は、製鉄業者か一部の鉄マニアくらいしかいなかったのに、ここ数年、観光目的での見学者が多いと、案内の人は言っていた。二〇一四年、国の重要文化遺産に登録されてからは、団体客もやって来るとうれしそうだった。

ひととおり見学した後、私は新聞の切り抜きを示し、「鉄穴残丘」に行きたい旨を伝えた。すると、これは山を越えた隣町なので、そこに行って尋ねるようにと言う。

新聞掲載の地図を見ると、「菅谷たたら」から鉄穴残丘のある奥出雲の横田という町は、簡単に行けそうだった。ところがＪＲ木次《きすき》線を挟んで西と東に位置するこの二つの場所は、幾つもの山を越えなければ辿り着けないのだった。結局この後横田まで行ったものの、時刻も遅くなってしまい、目的を達成することはできなかった。

不完全燃焼のまま、二年が経過した。

二〇一九年五月、その日は青空の広がる気持ちの良い天候だった。私は再び吉田町を訪れた。この町で代々鉄師を務める田部家の土蔵群などを見学し、観光案内所に向かった。二年前の新聞の切り抜きを持参し、またもや奥出雲の「鉄穴残丘」への道を尋ねたのだった。

案内所の女性は、首を傾げながらも熱心にパソコンで検索してくれた。前回と同様、奥出雲のことについて、雲南市の吉田町で尋ねてしまったのだ。これは奥出雲に行ってから聞くべきだと夫は言い、諦めかけた時、もう一人いた案内所の男性スタッフが、

「もうちょっと待ってください。今、検索していますから」

と言い、ほどなくその在りかを探し当ててくれた。手渡されたメモ用紙には、「奥出雲町竹崎八七〇」とあった。仕事とは言え、実に親切に根気強く職務を果たしてくれた。私たちは大いに感謝し、レンタカーのナビにその住所を打ち込んで、いよいよ目的地に向かった。

午後四時頃、見覚えのある山が見えてきた。「船通山《せんつうざん》」である。素戔嗚尊と五十猛命が降り立ったといわれる山だ。数年前、この中腹にある斐伊川の源流、鳥上の滝まで行った

ことがある。目的地はこの近くだ。県道一〇八号線を進んで行くと、「たたら製鉄」の案内板を設置しているようだった。なんらかの公的機関が、やっと「鉄穴残丘」に注目し始めたのだろうか？　その工事場所を右折し、しばらく行くと「綿打《わたうち》公園入口」という看板があった。車が一台止まっていたが、駐車場とは言えないような狭いスペースだった。折しも、見学を済ませたと思われる男女が戻って来た。彼らが去った後に車を止め、急な坂道を登っていくと、ここにも、「たたら製鉄　鉄穴流《かんなwhile》しで造られた棚田」と書かれた看板が立っていた。

やっと目的地に着いた！　そこは手製の展望台だった。小高い丘に登るために、細い鉄パイプが手すり代わりに取り付けられていた。頂上に着いて見渡すと、美しい棚田が広がっていた。砂鉄採取のために山を切り崩して、水の勢いを利用したものを「鉄穴流し」という。そのままなにもしなければ、そこはいわゆる自然破壊の残骸となるべきところだった。

しかしこの地の人々は、採取後の跡地を荒廃させたままにはしておかなかった。ここがもともと米作りに適した場所だったということもあり、彼らは棚田を造って、今や日本有数のブランド米を産出するに至ったのだ。

山肌を切り崩す形で砂鉄を採取するために、採取地まで水を引いて、山砂を水と一緒に下流へと流した。すると高低差のついた溜池が出現する。そこから砂鉄と山砂とを選別したのだ。開削しようとした場所に墓や祠などがあった場合、それらには手をつけずに残した。私が見たかった鉄穴残丘とは、そういった神仏にかかわるものが残された風景だった。手作りの展望台から見下ろすと、眼前には長い間憧れていた風景があった。

二年前、奥出雲の旅から戻って一週間後。何気なく眺めていたテレビ

残丘

に、この棚田と残丘が映った時には、運命のようなものを感じた。その田んぼで稲を作っていた人が、こう言ったのである。

「先祖がこうしてお墓や御神木を残す形で、荒廃した自然を再利用したのは、私どもの誇りです」

鉄穴残丘をぜひとも見なければ、という強い思いが再燃した。

そして今年、ついに私はその地に立った。自然破壊を放置せず、そこから米の生産へと転じたこの地の人々は、黙々と地道に自らの生活を営んでいる。先祖から受け継いだ土地に、丁寧に向き合っているのだ。


私はふと、鳥上の峯（船通山）に素戔嗚尊《すさのおのみこと》が降り立った神話の時代を思った。

一般的な「八岐大蛇《やまたのおろち》」伝説は、素戔嗚尊が毎年このあたりで人々を苦しめる大蛇を退治し、一躍英雄となる話である。一説には大蛇とは、この地を流れる斐伊川のことだという。斐伊川の氾濫を鎮めることが、豊かな実りに繋がると願った人々は、治水工事に長けた人物の出現を希求した。折良くそれを成し遂げたのが、素戔嗚尊だったというわけだ。稲田を荒らす斐伊川、助けた姫の名が「稲田姫」というのは、あまりによくできた話である。思わず、「そうだったのか！」と頷きたくなる解釈だ。しかしこの神話は、そんなに単純なものではないらしい。そこで考えられるのが、「鉄」とのかかわりということになる。

大陸から渡来した製鉄業者は、山間で砂鉄の採取に励んだ。農民とはまったく異なる生活をする人々に、地元の民は違和感を覚えた。製鉄業者は山を削ってゆき、そのために河川は氾濫して米作りにも影響した。畳々たる山並みがいつしか切り崩されて、地形が変わっていった。これは神に逆らう行為である。まるで大蛇が暴れ回るように自然が破壊され、ひと振りの剣が残された。大蛇の尾から顕れ出た「草薙剣《くさなぎのつるぎ》」とは、たたら製鉄の産物のことではないだろうか。

「大蛇の正体とはなにか」とよく論議されるが、答えは一つではあるまい。この出雲の地をのたうつように流れる斐伊川は、大蛇のイメージそのものである。『古事記』にも次のような例えがある。

「その目は赤かがちのごとくして、身一つに八頭・八尾あり。また、その身に蘿《ひかげ》と檜《ひ》と椙《すぎ》と生ひ、その長は谿《たに》八谷・峡《を》八峡に戻りて、その腹を見れば、ことごとく常に血に爛《ただ》れてあり……」

この比喩は、斐伊川とその周辺の山や谷を描写しているようにも見える。また、「赤かがち」、すなわち「ほおずき」のような目とか、腹が「常に血に爛れてあり」などという表現は、たたら製鉄の炉の中で砂鉄と木炭が燃えるさまの例えのようでもある。その結果、生まれた鉄滓が流出する様子は、まさに「血に爛れて」いると言えよう。

大蛇伝説とは、このように複数の事柄が重なって創りだされたのではないだろうか。神話というものには、おそらくそういった話ができあがるだけの根拠があるのだ。奥出雲の風景を見ていると、遠い昔、この地を舞台とした壮大なストーリーが

棚田

あったに違いないと思わせられる。

季節は五月だったので、日暮れには間があった。展望台から見下ろすと、雲州独特の朱色の石州瓦が棚田の周りに散在していた。奥出雲の鉄を取り仕切っていた鉄師、「卜蔵《ぼくら》家」の屋敷も見える。

この場所に辿り着くまでに、ずいぶん長い年月を要した。まるで「鉄」への思いに侵された熱病患者のようだった。

故郷の小さな神社で見た太々神楽が、ここまで私を導いたのだろうか。奇妙な安堵感が、胸一杯に広がっていた。

鉄がもたらしたものは、棚田と残丘という風景であった。水が張られた棚田には、黄昏の色に染まりかけた空が映し出されていた。その上を、奥出雲の風が静かに吹き抜けていく。それはあたかも、人を太古へと誘《いざな》うような不思議な熱気を孕んでいた。

出雲往来の町

車が岡山市内から山間部に進むに連れて、雲が垂れ込めてきた。途中からは雨さえ落ちてくる。明るい陽光が降り注いでいた岡山市内から、中国山地の山間《やまあい》に入ると、気候は一変する。

二〇一六年の晩秋に、「出雲往来」と呼ばれる道の一部を辿ってみた。出雲往来とは、畿内と出雲国を最短距離で結ぶ道だ。播磨国《はりまのくに》（現在の兵庫県）より始まり、美作国（岡山県）、伯耆国《ほうきのくに》（鳥取県）を経て、出雲国（島根県）へと、中国地方東部を北西に進む。かつては後鳥羽上皇や後醍醐天皇などの政治的失脚者が、この道を辿って隠岐配流となった。現在の出雲往来は姫路から始まるが、今回は兵庫県には行かず、美作の津山から岡山・鳥取の県境にある四十曲《しじゅうまがり》峠を経て、松江に向かうルートを進んだ。

津山盆地の中心にある津山市は、古来「美作の小京都」と呼ばれてきた。江戸時代初期には盆地の中央にある鶴山《かくざん》に、壮大な津山城が築かれていた。

明治初年に撮影された津山城の写真を見ると、その壮麗さに圧倒される。最上段には五層の天守がそびえ、天守と本丸を中心に二の丸、三の丸が階段状に配置されている。わけても石垣の見事さには感じ入ってしまう。

完成までに一三年の歳月を要したこの城は、幕藩体制の崩壊により、取り壊しが命じられた。明治六年（一八七三年）のことである。

今は石垣のみが、繁栄の面影を伝えている。先を急ぐ旅だったので、石垣を眺めただけだったが、春先の城内に千本の桜が咲き乱れる様は、圧巻というほかはないだろう。

津山はまた、宇田川玄随《うだがわげんずい》や箕作元《みつくりげん》甫《ぼ》などの洋学者を輩出しており、文化の香り漂う町でもある。街道沿いに軒を連ねる商家は、重要伝統的建造物群保存地区に選定されている。この小盆地に住まうと、その閉鎖性ゆえに、かえって開明的な精神を刺激されるのかもしれない。

津山市の風景

時々小雨の混じる曇天の下、車は国道一八一号線を走っていた。すると道路の右側を、美しい建物が通り過ぎた。

「あ……」

と、夫婦して同時に叫び、どちらも引き返すことに異存はなかった。

久世《くせ》という町に、国の重要文化財に指定されている小学校があることは知っていた。その名を、「旧遷喬《せんきょう》尋常小学校」と言う。明治四〇年（一九〇七年）に建てられ、平成二年（一九九〇年）に、その役目を終えた。校舎の外観は完全なシンメトリーであって、ヴェネツィア窓と呼ばれる飾り窓が左右についている。

忽然と現れたこの瀟洒な建物に驚嘆し、恐る恐る玄関前に近づいてみた。どうやら内部見学は、誰でも自由にできるらしい。すると、一人の男性が中から出て来た。

「どうぞ、ご覧になってください。二階の講堂もすばらしいですよ」

靴を脱いで上がると、

「どちらからいらしたのですか？」

との質問。

「栃木からです」

と答えると、男性は驚いたように、

「え？　そんなに遠方からですか？　さ、どうぞこちらに」

玄関の左側の部屋には、この小学校の沿革や校舎の模型、校章の謂れ等々が展示されていた。普段は来校者への説明はないようなのに、私たちが遠方からの訪問者であると分かったからか、男性は急にこの小学校の成り立ちを語り始めた。熱がこもって、知らずに岡山弁になっていくその様子に、この地方の先人が、教育に懸けた情熱への敬慕の念が伝わってきた。

二階中央にある講堂は、二重折り上げの洋風格天井となっている。その昔、ここに集った小学生たちのキラキラと輝く瞳が想像された。校長先生は壇上から、子どもたちになにを語りかけたのだろうか？　町の年間予算の二・七倍の予算をかけた校舎建設だったため、町長のリコール騒動もあったらしい。

教育というものが重要視された時代。中国山地の山奥に燦然と残るこの文化遺産は貴重であり、土地の人々の志の高さに脱帽するばかりだ。

この後、勝山の風情ある町を眺め、最も難所と思われた「四十曲峠《しじゅうまがり》」も、トンネルが開通していたので、あっという間に通過してしまった。

重く低い雲が垂れ込めていた出雲往来は、その曇天ゆえに、昔日の面影を色濃く感じ取ることができた。峠を越えて山陰へ、あるいは都へと、多くの人々が夢や、時には絶望に彩られた心を抱いて、この道を辿ったのだろう。

私もひととき、古人《いにしえびと》の心持ちを想像しながら、小雨模様の空を見上げた。

約束の「ホーランエンヤ」

『ホーランエンヤ』は、島根県松江市の城山《じょうざん》稲荷神社に伝わる船神事である。三七〇年の歴史を持ち、十年に一度開催される。

二〇一九年五月、その『ホーランエンヤ』が華やかに幕を開けた。九日間にわたって繰り広げられるこの祭を、私たち夫婦は五年前から心待ちにしていた。

この祭について詳しく説明してくれたのは、偶然に知り合った地元のMさんである。

出雲大社の大遷宮《だいせんぐう》があった二〇一三年、私たちは松江市郊外の朝酌町《あさくみちょう》というところにいた。『出雲国風土記《いずものくにふどき》』に登場する『矢田《やだ》の渡し』が、その町にあったからだ。

その渡しに立って川面を眺めていると、そこにいた男性が話しかけてきた。

「ここは昔、『朝酌の促戸《せと》の渡し』と言われたところです。風土記にも出てきますが、今でも魚がたくさんいますよ」

水面を見ると、手長海老が眼前をよぎった。出雲というところは、今でもこんな風に千年以上も前の風景が息づいているのだ。

私たちは出雲に惹かれ、毎年訪れていることなどを語ると、男性は嬉しそうな顔をした。そして背後にある家を指さして、

「私の家はあそこです。風土記に出てくる川を、毎日見ています」

と言った後、いったん姿を消した。ほどなく高台のその家から女性が下りてきて、

「奥さぁーん、お茶飲んで行きませんかぁー」

と、声をかけてきた。私たちが、Mさんご夫妻とお付き合いすることになったのは、こういった経緯による。出雲への旅が始まってから、十年経った頃のことである。

「年に一度会えるから、七夕さまのようですね」

と、Mさんご夫妻からよく言われたものだ。出雲に向かうたびに、M家にお邪魔しては数時間を過ごした。

そんな時に、私が以前から関心のある「阿太加夜《あだかや》神社」の話題になると、Mさんは、

「この近くですから、行ってみましょう」

と言って、自ら案内してくれた。

阿太加夜神社は、さほど広くはなかった。境内には何隻かの船が、いくぶん無造作に置かれている。

「この船は、ホーランエンヤという祭の時に使用されます。十年に一度の祭です。この前が二〇〇九年の開催だったから、今度は二〇一九年です」

Mさんは、熱心に祭の説明をしてくれた。松江の大橋川から中海《なかうみ》を経て、阿太加夜神社まで御神霊《ごしんれい》を運ぶ船行列が続くことなど、地元に根付く由緒ある祭の話に熱がこもる。

「あと五年後ですが、ぜひいっしょに私の家から眺めましょう」

「楽しみにしています。それまでお互いに元気でいましょうね」

Mさんと出会って一年後の二〇一四年、私たちは固い約束を交わした。

その後松江を訪れるたびに、あと四年、あと三年などと言い続けていたが、祭が一ヵ月

後に迫った二〇一九年の四月、Mさんは帰らぬ人となってしまった。

Mさんの奥様から電話をもらったのは、四月の下旬だった。実のところ、それは突然の知らせではなかった。最後にMさんと会った二〇一八年の十一月、Mさんはすっかり痩せて衰弱しているように見えたからだ。それでも祭に対する情熱は褪せておらず、五月には必ずと言って別れたのだ。

五月一八日、城山稲荷神社の神霊《しんれい》を載せた神輿《みこし》は、水上の御座船《ござせん》へと運ばれた。これを護衛する船の漕ぎ

ホーランエンヤ

手が、

「ホーオランエンヤ　ホーランエーエ　ヨヤサノサ　エーララノランラ」

と、独特の節回しで唄っている。心地良い声に聞くほうも気分が高揚してくる。

五つの地区から繰り出されるこの船は、「櫂伝馬船《かいでんません》」と呼ばれている。船上で踊る、歌舞伎役者のような身なりをした若者が凜々しい。剣櫂《けんがい》と呼ばれる剣《つるぎ》状の櫂をかざして船首で舞い、船尾では四斗樽の上に乗った女装の若者が、上半身を大きく反らせ、空に向かって「采振《ざいふ》り」をしている。采《ざい》とは、竹の棒の先に細く切った布や紙を付けたものだ。その采を振りながら、樽の上でバランスをとって舞う。

誰にでもできるものではなく、その練習はたいへんだ。選ばれた若者たちは、懸命に練習に励む。衣装の一部は、舞い手の母親などが用意することもあるようだ。こうした人々の想いのうちに、祭は受け継がれてきた。

観客は十年に一度の祭を観るべく、身を乗り出している。美しい水上の絵巻を眺めながら、ふと背後の人がつぶやいた。

「あと十年後に、生きてまたこの祭が観られるじゃろうか？」

「そうじゃねぇ、それぱかりは誰にも分からんねぇ」

祭には無常観がつきまとう。それが華やかであれば、あるほど。

午前の部が終了し、午後は大橋川を阿太加夜神社方面に向かって、船団が移動して行く。

私たちはMさん宅で、その到着を待った。矢田の渡しで、またあの踊りが繰り広げられるのだ。川縁に坐る人が増えてきた。

本来なら、Mさんと観るはずだった祭。船団はゆっくりと眼前に現れた。誘導船を先頭に約百隻の船が、およそ一キロにも及ぶ大船団となって進んで来る。色とりどりに飾りつけられた船、その船上には金色《こんじき》の擬宝珠《ぎぼし》が輝いている。船は勇壮に、あるいはしなやかに舞う若者たちを乗せて、中海へと遠ざかっていった。

祭はひととき出雲の空に煌めき、美しい航跡を残して消えた。それはまるで、人の世の喜怒哀楽を包み込み、昇華してくれているかのようだった。

黄泉比良坂《よもつひらさか》

子どもの頃、神話に興味があった。中でも、「イザナギ・イザナミ」にまつわる話が心に残り、「黄泉《よみ》の国」とか「黄泉比良坂《よもつひらさか》」という概念に衝撃を受けた。

「イザナギ・イザナミ」の二神は日本の国土をはじめとして、多くの神々を生んだ。しかし、火の神を生んだイザナミは亡くなってしまい、夫のイザナギは黄泉《よみ》の国まで妻を訪ねて行くのだ。イザナミを現世に連れ戻すべく冥土まで行ったイザナギだったが、その途中待ちきれずに、「見てはならぬ」というイザナミを見てしまう。恐ろしく変わり果てたイザナミの姿に驚嘆したイザナギは、必死で逃げた。

逃げる夫を追う、黄泉の国の人となった妻というのが、なんともリアルだ。黄泉の国に迎えに行くほどの夫の愛は、どこに行ってしまったのか。逃げ続けたイザナギは黄泉比良《よもつひら》坂《さか》に辿り着き、そこにあった桃の実を投げつけて追っ手を撃退した。そして、「千引《ちび》きの石《いわ》」と呼ばれる巨石で、黄泉の国との境目を塞いでしまったのだ。

私の中で、この話はなぜかここで終わっている。しかし神話には続きがあって、「生者の数は死者に勝るから、人類は未来永劫存続してゆける」という経緯が描かれていたのだ。否、この話はむしろ、これが趣旨だったのだろう。

それにしても生存中は愛し合っていた夫婦が、この世とあの世に引き裂かれてしまうと、互いを敵とみなし、己の保身に走るとは……。子ども心に、割り切れない思いがこみ上げてきた。そして同時に、死後の世界というものに、言いようのない不安を覚えた。

それから半世紀近く経った二〇〇六年、私と夫は東出雲にある「黄泉比良坂」と比定される場所に立っていた。

国道九号線を、安来市方面から松江市に向かって走っていたところ、山陰線の踏切前に、「黄泉比良坂　〇・四キロメートル」という標識があった。踏切を渡ると、その先には車一台が通れるほどの、狭いカーブの坂道が続いている。

そこを少し進むと、左側に溜め池が見えてきた。人の気配はなく静まりかえっている。そう思って見るからか、あたり一帯によどんだ空気が漂っているような気がした。少し窪地になっている駐車スペースに車を止めた。

そして外に出ようとすると、急に強い雨が降ってきた。それまでは晴れていたのに、車外に出るのをためらうほどの降り方だった。客観的に考えれば、単なるにわか雨だったのだろう。しかしその時には、なんだかここが異界だからこそ、急に雨も降り出したのだと思ってしまった。すると、すべてがそのように見えてくる。雨は短時間で止んだ。

いよいよ黄泉の国の入口へと向かった。濁った水を湛えた小さな沼を右側に見ながら、細い道を少し登った。入口は、二本の石柱に注連縄が張られた簡素なものだった。そこを潜るとすぐ右側に、薄赤い色の石碑がある。「神蹟　黄泉平坂・伊賦夜坂《いふやざか》　傳説地」と書かれていた。

さらに進むと桃の木があり、その向こうに大きな石が数個置かれていた。イザナギが黄泉の国の追っ手に桃の実を投げつけて撃退し、黄泉の国との境目を「千引きの石」で塞いだという神話の世界が再現されていたのだ。この場所に関する説明が、古事記の内容とともに古びた紙に印刷されていた。この地を訪れる人の少なさは、その紙が風雨に曝されて印刷が滲んでいることからも窺えた。そこは行き止まりになっており、私たちがいる間、ほかに来る者はなかった。いかにも神話の世界にふさわしい不気味さが漂っていた。

この四年後の二〇一〇年、私たちはまたこの地を訪れることがあった。以前よりも整備され、カラーの写真が付いた説明板が立っていた。どうやらここで映画の撮影があったらしく、観光客が微増して、寂れた感じがいくぶん減少していた。

さらに驚いたのは、駐車場には一台の車があり、あたり一帯に読経の声が響いていたことだ。見ればあの大岩の前で、一組の男女が朗々とよく通る声で読経三昧の体だった。それはいつ果てるともしれない祈りで、他を寄せ付けないオーラが漂っていた。まったく周囲が見えず、取り憑かれているといった空気感があった。

諦めて帰路についたものの、偶然とは言え、ここでは二度も不思議な体験をしたことになる。やはりあの世との境目では、思いがけないことが起こるのだろうか。

性懲りもなく三度目にここを訪れたのは、二〇一七年のことだった。そしてこの時は何事も起こりはしなかった。二〇一三年の出雲大社大遷宮の後、島根県はかなり観光地化され、洗練されたように思う。

この黄泉比良坂の地でさえ、やたらと説明板などが設置され、最初はただ漠然とあった桃の木にも、「やまももの木」という札が付いた。その隣には、古事記の中でこの桃が果たした役割が詳しく説明されていた。ほかにも、「この先　塞《ふさぎ》の道　この小道　伊賦夜坂」という手書きの案内板があった。観光客に対応したものと思われるが、妙に明るくなり、最初に訪れた時の禍々しい雰囲気は失われてしまった。

しかし黄昏時になると、あの寂しい行き止まりの地では、黄泉の国の魑魅魍魎が今でも密やかに蠢いていると、私は信じている。

――京都へ――

待ち合わせの場所

その像は、京都三条大橋東詰から、御所を遠望している。京都の学生は、いや学生だけでなく一般人も、この像を通称「土下座像」と呼んでいる。しかし、

「土下座しているこの人は誰？」

と聞いたら、おそらくその名を正確に言える人は少ないだろう。ましてこの人が、なぜ土下座しているのかなどということは、考えたこともないに違いない。

二〇一七年の五月のことだった。隣県の群馬に行くことがあり、太田市立「高山彦九郎記念館」の傍を通りかかった。太田市には以前にも何度か訪れたことがあるが、記念館に入るということはなかった。

「どんな記念館なのか、一度くらいは入ってみよう」

夫と意見が一致して、その小さな記念館に足を踏み入れてみた。

高山彦九郎という人物が、何をしたのかということを、ひと言で説明するのは難しい。パンフレットには、「幕末の志士に多大な影響を及ぼした思想家」とあった。一八世紀半ばに上州新田郡細谷村（現群馬県太田市細谷町）に生まれ、一九世紀の風を知ることなく、四七歳で自刃した。

社会科の授業などで、小中学生が団体入館することはあっても、来館者はごく稀なのだろう。学芸員とおぼしき男性が、私たちを見て駆けつけ、熱心に説明してくれた。

彦九郎が拠点としたのは、故郷の太田市や江戸・京都などで、そこから全国各地を遊歴した。彼の巡った地域や交流の階層は広く、その結果彼の思想や情報は多方面に伝わった。そしてそれは、幕末期を動かす原動力となっていったのだ。

現在のように、情報がたちまち拡散する社会ではなかったので、彦九郎の情報量の多さは、彼と接触した人々にとっては大きな魅力だった。彼が黙々と書き綴った、『高山彦九郎日記』には、五千人を超える人々との交流が記されている。

「今で言うところの、『情報ネットワーク』の役割を果たしていたと思われます」

と、学芸員の人は言っていた。

説明の途中で、彼は私たちに聞いてきた。

「京都の三条大橋にある、高山先生の像はご存知ですよね?」

知っているのは当然で、だからここに来たのだと彼は思ったらしい。

しかし残念ながら、私たちはその像をまったく知らなかった。そこで彼は、彦九郎がたびたび京都を訪れては、御所に向かって遙拝していたことを語った。

ちょうど六月に京都に行く予定だった私たちが、この情報に飛びついたのは言うまでもない。旅の行程に、三条大橋が組み込まれたのは、こうした経緯によっている。

「高山先生は十三の歳に『太平記』を読んで、それが尊皇思想に繋がったようです。同じ上州人の新田義貞が、帝に尽くしても結局負けてしまったでしょ、そういうところに感情移入したんでしょうね」

彦九郎を京都へと導いたのは、こうした事情にあるのかもしれない。京の玄関口・三条大橋の手前で、御所の方角に向かって地面にひれ伏し号泣しながら、「草莽《そうもう》の臣《しん》、高山彦九郎です」と叫んだという。銅像は、その時の彦九郎の様子を再現したものだ。なにも知らないでこの像を見た者が、奇異の念にとらわれ、「土下座像」と思ってしまうのは無理もない。

この像が初めて造られたのは昭和三年のことで、戦前である。その頃は彦九郎は教科書にもよく登場し、忠君愛国を国民に刷り込む最適の教材となった。しかし昭和一九年には、金属供出で撤去されてしまう。現在の形に再建されたのは、昭和三六年のことだ。時移り、価値観は一変した。彦九郎の名は教科書からも消えた。

彼の像は今、京阪三条駅のすぐ近くで、京都御所を望拝している。三条大橋に立つと、川床料理の店が軒を連ねているのが見えた。梅雨時の京の空は、雨こそ降らなかったものの鈍色《にびいろ》に霞んでいる。二〇〇年以上も前にこの場所で、感涙にむせびつつ御所を振り仰いだ人物のことなど、遙かな夢物語だ。

だが彦九郎の思想は、幕末の勤王の志士に大きな影響を与えていた。吉田松陰や高杉晋作、西郷隆盛などが彼を崇拝した。自分の行動や考えが明治維新の遠因となったことを、彦九郎はどう思うのだろうか。

日本が近代国家に生まれ変わると同時に、天皇の住まいも東京に遷った。帝が住まう京都は、彦九郎にとって聖地だった。皮肉なことに自分の言動が、新しい時代誕生のうねりを呼び、帝の東京住まいを現出せしめたことになる。

彦九郎が明治の世にあったならば、足繁く皇居に通ったことだろう。一途に思い詰めるが故に、そのひたむきさと背中合わせの危うさが、常に彦九郎の中には同居している。

彦九郎を再評価しようという動きが、彼の故郷にはあるが、未だささやかなものだ。

一方京都では、人々は相変わらず待ち合わせの場所を、「土下座像前」と指定するそうだ。像の人物のことなど、誰も知らない。それでいいのかもしれない。

——京都へ——

——奈良を歩く——

風の森

「風の森」というのは、奈良県御所《ごせ》市に存在する「風の森峠」周辺を指している。「風の森」は地名ではないが、峠の名として今も地域に根ざしている。

初めて「風の森」という言葉を知ったのは、奈良の居酒屋で日本酒のリストを眺めていた時だ。御所市の蔵元Y酒造が醸している地酒に、「風の森」というのがあったのだ。まるでアニメ映画のように詩的な響きに、私は迷わずそのお酒を注文した。

Y酒造の蔵主は、ぶれない姿勢で地元の米や水を使った、地元のための酒造りに邁進されているようだ。濾過・加熱・加水といった処理は一切しない生酒が、蔵主の目指すお酒だとか。

辛口好みの私にはやや甘めに感じられたが、馥郁《ふくいく》たる米の香と自然なジューシーさに、いつしか心地良く酔っていた。

日本酒から始まった「風の森」との出会いは、次に「風の森神社」への興味へと移っていった。

ある日漫然とネットを眺めていたところ、「風の森神社」を訪ねた人の旅行記を発見した。この神社は、「御所市大字鴨神、旧高野街道、風の森峠の頂上に位置している」とあった。御所市にある「風の森峠」とその神社の存在を知ったのは、こうした経緯によっている。

その旅行記によれば、この神社には鳥居もなく、一対の石灯籠と小さな祠があるだけだという。まるで神社の原型のような写真を眺めながら、これは行かなければと思った。

それから四年後の二〇一八年三月、ついに私は「風の森神社」に辿り着くことができた。神社は、大阪府との境にそびえる金剛山の東麓にある。このあたり一帯は、五世紀末頃勢力を振るっていた豪族葛城氏の本拠地があったところだ。通称「葛城古道」と呼ばれる道の南端に位置している。

古道沿いのいくつかの寺社に立ち寄った後、いよいよ「風の森神社」へと向かった。ところがその道筋はかなり分かりにくく、標識一つ見当たらない。田んぼのあぜ道や坂道などもあって、本当はゆっくりと歩くのが理想的だが、そんな余裕はなかった。前もって予約しておいたレンタカーで要所要所を巡るという、古道歩きの達人から見れば鼻持ちならぬ観光であった。

もう午後も押し迫った時間なのに、目的地が見つからず、運転手の夫も地図を眺める私も途方に暮れた。

桜もチラホラ咲いている三月末、あたりは見渡す限りの田園地帯だ。田んぼ道に、「風の森」と彫られた石柱が、ポツンと立っていた。しかしそれは神社への道しるべではなく、この辺一帯が「風の森」であることを示しているに過ぎなかった。

同じ道を何度か往復しているうちに、田んぼで作業している女性を見かけ、思い切って神社への道を聞いてみた。

「そこに見える細い坂道を登っていくとありますよ。でも、分かりにくいかもしれんね」

女性の指さすほうを振り返ってみると、それは私たちが先ほど下りてきた道だった。礼を言って車を進めてみたが、やはり神社らしきものは見当たらなかった。

「この石垣の中がそうだと思うんだけどなぁ」

と、夫はさっきと同じ場所でつぶやいた。

野面積《のづらづ》みの石垣近くでスピードを緩めながら一度通りすぎ、また同じ道を戻ってくると、ちょうど近くの住民が家の外に出てきたところだった。藁にもすがる思いで尋ねると、

「ああ、ここですよ。途中に石段があったでしょ？　そこを登って行くんです」

よく見ると、石垣の途中に確かに石段があった。急いで石段を登ったが、そこにはお寺のような建物があ

凬の森神社

るだけだった。写真で見たのとは違うので、がっかりしながら左方に目をやると、今度は墓石の間に、さらに数段の石段が見えた。

「ああ、やっと！」

と、確信しながら石段を登ると、「風の森神社」は、ついに姿を現した。

確かに鳥居もない。二基の石灯籠の一方はかなり朽ちている。簡素というよりは、打ち捨てられた感が強い。これで、風の神を祀っていると言えるのだろうか？

神社の東側を国道二四号線が通っている。国道を見下ろす峠の上に、この神社はあるのだ。金剛山からの強風が吹きつけるこの森に、人々は風の神を祀った。これが「風の森」及び「風の森神社」ということなのだろう。

今ではすっかり現世から隔絶されたような場所にあるが、葛城地方は日本の水稲栽培発祥の地とも言われている。おそらくは作物を風水害から守る意味があって、風の神を祀ったと思われる。

四年越しの念願が叶って、辿り着いた「風の森神社」。

今では樹木が生い茂り、見晴らしが良いとは言えない。しかしその昔、この峠に陣を敷き、ホラ貝を鳴り響かせながら、鎖国日本の夜明けを願った天誅組のエピソードも残っている。境内の一角に、「天誅組重阪峠《へざか》」の著者・西口紋太郎氏建立の石碑が建っていた。天誅組の志士も、この小さな祠に戦勝を祈願したのだろう。

神社のすぐ西を通る小道は、旧高野街道だったという。高野山に向かう旅人は、この神社に旅の安全を祈ったのかもしれない。

「風の森」という響きに惹かれ辿り着いたこの神社。そこに吹く風は、幾多の人々の想いを孕む歴史の風だった。

業平……「要《えう》なき身」は時空を超えて

その年（二〇一三年）の不退寺《ふたいじ》の紅葉は美しかった。

薬師寺東塔の水煙が六〇年ぶりに降臨し一般公開されると聞いて、その最終日の十一月三十日、私は矢も楯もたまらず新幹線に飛び乗った。一泊二日の奈良行きとなった。

目的を達した翌朝。昼過ぎの新幹線に乗る予定だったが、その前に少しだけ時間があった。

不退寺の紅葉

なるべく駅から近い寺を探したところ、まだ訪ねたことのない「不退寺」という寺を発見した。タクシーを頼んで、

「不退寺まで」

と、行き先を告げる。すると運転手は、

「客に、不退寺までと言われたのは初めてや」

と、驚いた様子だった。不退寺というのは、つまり人気の寺ではないらしい。

しかし門を入ると、カメラを持った男性たちが、境内の池やそこに映り込む紅葉を撮ろうと懸命になっていた。

不退寺は小さな寺だったが、予想以上に紅葉が美しかった。この寺には、『伊勢物語』の主人公である在原業平が、祖父の平城《へいぜい》上皇の隠居御殿を寺に改めたという謂われがある。業平が自ら彫ったと伝わる「聖観音立像」は、損傷が著しく重要文化財に留まっていた。両耳のあたりにリボンのようなものを付けた珍しい観音像で、保存状態が良ければ、国宝でもおかしくはないだろう。

「国宝になったらなったで、狭い寺が混み合いますから、このままでいいのですよ」

と、若い住職は穏やかに微笑んだ。

業平は、桓武天皇を曾祖父に、平城天皇を祖父に持つ正統派の貴公子である。『伊勢物語』を読めば、彼の人となりは容易に想像できる。近年、業平と二条の后の話や、それがきっかけで東に下ったという話は、事実ではないとする説が浮上している。しかしそういった考証も含めて、業平は平安時代中頃の貴族文化を象徴していると私には思える。

その数年後、桜には少し間のある三月末。私は大峰山の麓にある、「天河神社」の近くにいた。そこには、「業平の墓」と言われる場所があったからだ。

中学校の校庭の一角に、業平と彼の義父である紀有常《きのありつね》朝臣の歌が石碑に刻まれ、その近くに石塔があった。どうやらこれが業平の墓らしい。石碑には業平がこの地を何度も訪ねたこと、さらに『河海抄』という書物には、「在原業平朝臣天の川の岩窟に入定し給ふ」と記されていることなどが刻まれていた。

そしてこれが、業平がこの地で亡くなったことの根拠となったようだ。業平の墓と言われるものは、このほかにも滋賀県や京都府にもあって、いかにも一世を風靡した歌人にふさわしい。

「美男で放縦な業平は、和歌に優れていた」と、『三代実録』にも記されており、女性にもてたことは容易に想像できる。人々に讃えられる要素を多く持ちながら、彼の官位は「蔵《くろ》人頭《うどのとう》」が最高位である。要領よく世の中を渡り歩いたタイプではないところが、私が業平に惹かれる大きな理由である。出世のために汲々としていたなら、清和天皇に入内する前の藤原高子を盗み出して、東に下るきっかけを作ることもなかったであろう。

東京に今も残る「言問通り《こととといどおり》」や「言問橋《こととといばし》」、「なりひら橋」などという名称は、業平の「東下り」がなかったなら、存在しなかったことになる。古典の時間に、『伊勢物語』の

「東下り」や「芥川」を学んだが、それが東京の地名と結びついた時、私は、「古典を学ぶ意義はこういったところにある」と、一人得心した。遠い昔の出来事が今に繋がっており、過去を知ることの重要性を実感させられた。なんのために勉強するのかという疑問に対する、一つの答えを見出せた思いだった。

隅田川のほとりにやってきた業平は、

「これなむ、都鳥」

という渡し守の言葉に、はるか遠い「みやこ」を思い涙する。

「名にし負はば　いざ言問はむ　都鳥　わが思ふ人は　ありやなしやと」

「いざ言問はむ」から「言問橋」と名付けた東人《あずまびと》のセンスも、褒められてしかるべきものだ。

はるけき都には、想う人がいる。都鳥よ、その人の安否を教えてほしい。黄昏の隅田川は、都人《みやこびと》の心細さをいや増すように無情に流れている。このエピソードが、たとえ創作であったとしても、現代人の私は業平の心情に充分に共感できる。

恋多き男と伝わる業平、高貴な出自でありながら不遇をかこつ運命にあった。業平と親しかった惟喬親王《これたかのみこ》も、母が藤原氏出身ではなく、それ故に皇位継承とは縁がなかった。

この二人が、互いの傷を慰め合うように結びついたのは優に想像がつく。「東下り」の冒頭は「身を要なきもの」、すなわち、「無用者」と見なした男が東に下るという設定である。「薬子《くすこ》の変」に巻き込まれた業平の祖父・平城天皇もまた、世捨て人の心境で、奈良の地（不退寺周辺）に住んだ。連綿と続く無用者の系譜、主流になれない存在である。

後の世の人間として彼らを眺めた時、こういった存在ほど面白いものはない。中心からこぼれ落ちたからこそ、より味わい深いのだ。本人たちからしたら堪ったものではないだろうが、文学というものは、大方こうした存在から生まれるものである。

「甲斐性なき　男もいとし　業平忌」（小西和子）

という俳句を、某新聞で読んだことがある。無用者は、文学の世界で生き続けるのだ。甲斐性がなくても、愛おしい存在。それは時空を超えて永遠に煌めき、ある種の人間の心を捉え続けるだろう。

――和歌山へ――

詩人のふるさと

「紀国《きのくに》の五月なかばは」と詩人が詠んだので、その季節に紀国に行ってみた。

ああ、詩人はこんな時期に、こんな空気の中で、あの詩を書いたのだろうか？　小さな流れは、少し濁っていたのだろうか？　そのほとりに、「野うばら」がひっそりと白く咲いていたという。その花に詩人は、「恋びとのためいき」を感じとる。

高校三年の春。私は、現代文の教科書に載っていた詩人・佐藤春夫の『ためいき』という詩に、いたく心を揺さぶられた。

全編が八つの章に分かれた、四十数行に及ぶ長編詩。やや感傷的ながら、それを補って余りある品格があった。

そこには藤村の『初恋』の初々しさとはまた異なる、もっと年齢の高い男性の恋心が、切々と詠われていたのだ。

半世紀近く前の私は、セーラー服の女子高生だった。栃木県は県立高校でも男女に分かれたところが多く、なんと今でもその歴史は続いている。夢見がちなと言えば聞こえはいいが、別の言い方をすれば、妄想癖が強かった私は、一読で佐藤春夫ワールドの虜になった。

佐藤春夫は和歌山県新宮市の出身で、「ためいき」は大正二年六月、雑誌『スバル』に掲載されたものだ。

和歌山県も新宮市も、その時の私には遠い世界だった。

それよりも、この詩を教えてくれた若い男性教師が、いつのまにか詩人と同一化していることに戸惑いを覚えていた。

女子校における男性教師というのは、だいたいが少女たちの疑似恋愛の対象となる。少なくとも半世紀近く前の時代は、彼らは女性しかいない世界での唯一の異性なのだから無理もない。次第に現代文の時間が楽しみになってきた。しかも、教材は佐藤春夫である。

紀国には「蜜柑ばたけ」があることを、この詩から知った。詩人は、「ふるさとの柑子《かうじ》の山」を歩みながら、実らぬ恋に心を乱した。また「遠く離れて」、「まことの愛を学び得た」とも言う。それは、「求むるところなき愛」であると。詩人の到達した境地など、女学生には理解できるはずもない。しかし分かったつもりになりたいのが、若さというものである。

教師の板書は美しかった。その頃は、蝋を引いた原紙に鉄筆で文字を切っていた時代だったからだろうか。黒板の文字も一字一画がきちんとしていた。きれいに整った文字に見とれながら、詩人の紡ぎ出す世界と教師の語りとが、いつしか境界を失っていった。

その後流行った「せんせい」という歌を聞くたびに、甘酸っぱい思いが甦ってくる。

——和歌山へ——

「佐藤春夫記念館」は、熊野《くまの》速玉大社《はやたまたいしゃ》の大鳥居傍にある。和歌山、しかも熊野方面への旅が決まった時、私はなによりも春夫の記念館に行くのが楽しみだった。

東京にあった旧宅を、生誕地近くのこの場所に移築復元し記念館としたもので、サンルームや八角塔の書斎など、当時としてはかなりモダンな設計だった。

ここで一番うれしかったのは、詩人が自ら朗読した「ためいき」が聴けたことである。歳月を経ても、若い頃に親しんだフレーズは覚えているものだ。

「柳の芽は　やはらかく吐息して

丈高く　わかき梧桐はうれひたり
杉は暗くして　消しがたき憂愁《うれひ》を秘め
椿の葉　日の光にはげしくすすり泣く……」

人はこの詩を、「女々しい」と言うかもしれない。しかし、当時の私はその甘美な世界に引き込まれ、心は紀国の蜜柑ばたけを浮遊していた。詩人の声が、私を懐旧の情へと駆り立てる。

教室には五十人近いセーラー服が並び、皆一様に、教師の説明に聴き入っている。窓からは心地良い風が吹き込んでいた。

佐藤春夫と、谷崎潤一郎との文学史上有名な確執。そこから生まれた春夫の傑作『秋刀魚の歌』のプリントも配られた。当時の作家たちの不道徳な一面に驚きつつも、真っ当な人生を歩まなかったからこそ成し得ることもあるのかと、妙に得心したりした。

教師の語る詩の背景や詩人たちの生き様は、私に文学への関心を引き起こした。「日本文学を追究したい」という思いは、その後の進路にも大きく影響していった。つまり佐藤春夫は、私の人生の分岐点に立ち現れた詩人でもあったのだ。

浪漫性に満ちた日本語と、それを生かした古雅なリズムは、今でも私の心を捉え続けている。

「空青し海青し山青し」

ふるさと和歌山をこよなく愛したという春夫は、別の詩で故郷のことをこう詠っている。

梛木の樹

記念館近くにある熊野速玉大社の朱色の社殿が、ひときわ鮮やかだった。参道に枝を広げる梛木の大樹は、推定樹齢一千年だとか。

「ナギ」は「凪ぎ」に通じるため、平穏を願う人々は祈りを込めてこの樹を遇した。

詩人のふるさとは、私が訪ねたその日、晴れ渡った青空の下にあった。

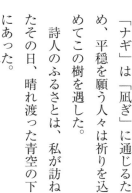

――鳥取にて――

日本一危険な国宝参拝へ

知っていたなら、行かなかったに違いない。確かにガイドブックには、「その場所への道のりはかなり厳しいものである」と書かれていた。

つまるところ人は、自分が経験した範囲で物事を捉える生き物らしい。だからその寺への参拝が山登り、しかも普通の山道ではないようなところばかり歩くなどとは、思いもしなかったのだ。

参拝に危険を伴う国宝「三徳山三佛寺《みとくさんさんぶつじ》投入堂《なげいれどう》」は、鳥取県の内陸部、三朝町《みささちょう》にある。

それは、二〇〇九年八月初旬のことだった。前日は三朝温泉に泊まり、気分は上々。温泉でゆっくりできたので、「多少の山登りぐらいは、どうということもない」と思っていた。

――鳥取にて――

鼻息も荒い私たち夫婦の目前に、古めかしい鳥居が見えてきた。江戸時代末期の元治元年に再建された鳥居は、前日の雨の名残をまとい、霧の中にあった。ここから、いよいよ三徳山三佛寺の参道である。

駐車場に車を置いて歩いて行くと、すぐに結構な数の階段が見えてきた。

「あーあ、急な上り、苦手なんだよねぇ」

と、つい呟くと、

「なにを言ってる。こんなのは問題じゃないぞ。ここで弱音を吐くようじゃ、投入堂は無理だな」

夫は山登りには至って慣れている。なんだかいつもより、うれしそうにも見えた。

昨夜の雨のせいもあって蒸し暑く、受付までの道のりは遠かった。しかもやっとの思いで辿り着いた受付には、愛想のない青年が座っていた。彼は私の服装を一瞥すると、

「そんな格好では、この後の登山は許可できません」

と、宣うのだった。

確かに私は観光客よろしく、ひらひらした薄手のチュニックをTシャツの上に羽織っていた。その上、足元ときたらサンダル履きである。「知らぬが仏」とはよく言ったもので、

その時の私は、「投入堂参拝」が如何に危険を伴うものなのか、知る由もなかった。

「とにかく、上に羽織っているものは脱いでください。サンダルは論外です。わら草履を売っていますので、それに履き替えてください。一足五百円です」

唖然としていると、

「最近登山中に、死亡事故が発生しているのです。一人で登ることも禁止です。遊びではありませんから」

わら草履と輪袈裟《わけさ》を手渡しながら、ニコリともせずに彼はこう言い放った。ここに至って私はやっと、自分が柄にもない山登りに挑もうとしていることに気づいた。

私は元来がインドア派で、必要以上に歩いたり、ましてやジョギングなどとは縁遠い生き方をしてきた。そんな私が寺院参拝とは言え、軽い登山をすることになろうとは……。

朱塗りの欄干のある橋を渡ると、いよいよ山の中だ。途中には役行者《えんのぎょうじゃ》の石像があって、参拝者を穏やかに眺めている。正直、この程度だったら大したことはないと思った。が、それはほんの数分だった。

行く手に、かの有名な「カズラ坂」が見えてきた。写真では見たことのある、木の根が複雑に絡み合ったほぼ垂直の急斜面、思った以上の険しさに、まず足が竦んだ。しかも前方にも後方にも、そこを登ろうとする人々がいる。小学生などは、すいすいと軽やかに木の根を伝っていく。もたついて、後ろから来る人に迷惑をかけてはいけない。必死でこの坂を登り切り、ホッとしたのも束の間、今度は目の前に大きな岩肌が出現した。しかもその岩には鎖が取り付けられており、この鎖を伝って上に登るらしい。

途方に暮れていると、夫が岩の側面の狭い通路を発見した。実はこの通路は復路専用で、通路の狭さによる渋滞を避けるために、往路のみ鎖を使うようにしたらしい。

「今見てきたら、帰って来る人はまだいないようだから、早く行けば大丈夫」

その言葉を信じて、私は素早くその通路を通過した。幸い誰にも出会うことはなかった。

こうして、無事崖上に建つ文殊堂に辿り着いた。文殊堂からの風景は絶景だった。風が心地よく吹いていたが、柵のない縁側は恐怖で、そこに立つことはできなかった。子どもたちは平気で、この縁側を走らんばかりにしている。

文殊堂を後にすると、すぐに「転落事故現場」という注意書きが目に飛び込んできた。これを見て初めて、受付の対応がなぜあんなに厳しかったのかが分かった。

地蔵堂や鐘楼を過ぎると、馬の背と呼ばれる狭い道が続くが、投入堂の姿は見えない。

投入堂

往復で一時間半と入り口の案内板には書いてあったが、それは私には片道の時間だ。また少し行くと、岩窟の中に建てられた観音堂が現れた。ここは胎内くぐりとされていて、細くて暗い通路を通らなければならない。いつまで試練が続くのかと思っていたら、急に視界が開けてきた。右方の断崖に、写真で見たあの「投入堂」が静かに佇んでいた。

どの写真も同じ方角から撮られている理由を、この時初めて理解した。投入堂の真下は谷で、人はそこに近づくことができない。御堂は岩の窪みに、見事に嵌め込まれている。それにしても、いったいいつ、誰があの建築物を、あの場所に造ったのだろう？　役行者が法力で御堂を投げ入れたという言い伝えに、私は頷かざるを得なかった。「日本一危険な国宝参拝」という惹句は、決して大げさなものではなかった。そしてそこに辿り着けた奇跡は、今でも困難に直面した時の大きな励みになっている。

――九州・沖縄を巡る――

魏志倭人伝の島へ　壱岐

唐津東港を、朝一番で出港したフェリーは、玄界灘を滑るように進んでいた。

五月下旬の晴れた空の下、フェリーは静かな水面《みなも》を行く。玄界灘と言えば荒々しい海を想像するが、この日のそれは穏やかで美しいブルーの海原だった。

昨夜は佐賀県唐津に泊まり、今日向かっているのは壱岐の島だ。私の壱岐に対する知識は、社会科の時間に勉強した事柄。「古代において、朝鮮半島の人々が対馬・壱岐を経て日本列島に渡ってきた」というのがすべてだった。

対馬・壱岐というのは地図上には存在するが、私にとってはどこか現実感に乏しいものだった。そこに人が住んで生活しているということが、想像できなかったのだ。霧の向こうの世界とでもいうのか、印象派の絵のように、輪郭のはっきりしないものであった。その島に、まさに自分は行こうとしている。

観光バス四台分もの人間を積んだフェリーは、一時間四〇分後、壱岐東南部の印通寺《いんどうじ》港に到着した。まず向かったのは、「月読《つきよみ》神社」である。この神社は、全国の月読神社の総本社だ。とは言え高台にある神社の階段を登ると、ささやかな社があるばかりで、壮麗な社殿が聳えているわけではない。もともと祭神の「月読の命」そのものが、天照大神の弟でありながら、「そんな神がいたのか?」というレベルの存在である。もう一人の弟・素戔嗚尊と比べると、影が薄いのだ。

しかし元々陽より陰、明より暗に惹かれる性向のある私には、この神社詣では殊の外うれしかった。

「皆様は今朝、佐賀県唐津東港からこちらにいらっしゃったと思いますが、壱岐は長崎県に所属します。壱岐・対馬は長崎県なのです。特に壱岐は小さいので、時々地図に載っていないこともあります。本日はぜひ、この小さな島をご覧になって心に留め置きくださいませ」

バスガイドさんの説明は、とても詳しいものだった。実は私もすっかり、「佐賀県の壱岐の島」を観光していると思い込んでいたのだ。

壱岐は南北一七キロ、東西一四キロの小さな島で、佐賀県東松浦半島から約四二キロの海上に位置している。島のほぼ中央部にある月読神社周辺を走っていると、ここが島であることを忘れてしまう。島の内陸部は、水田やタバコ畑が広がる長閑な農村地帯なのだ。長崎県では二番目に広い「深江田原《ふかえたばる》平野」を中心に、米作りが行われている。米の品種はコシヒカリだそうで、「壱岐でコシヒカリ?」と、少々微妙な気分になった。

壱岐の伝統的農村はすべて「散村」で「集村」ではないという。確かに車窓から見えた農村風景は、南東向きの丘陵斜面に家があり、背後には山が聳えている。北西からの季節風を防ぐためだという。

畑は家の前にあった。山と畑に挟まれた宅地に、主屋、隠居屋、家畜小屋、厠などが配置されている。壱岐の農村は分棟型で、家屋が幾つもあるように見えても、それが一軒の家なのだそうだ。

さらにまたこの旅に行かなかったなら、決して知ることのなかったものに、「黒崎砲台跡」がある。昭和三年から八年まで五年間かかって完成したものの、一度も実戦に使われたことはなかったという。この砲台は、対馬海峡を航行する艦船を攻撃するための要塞砲として作られた。射程距離は三五キロ。しかし、昭和一六年に始まった太平洋戦争の頃には、航空機が主流となったため、艦船攻撃の必要性を失ったのだ。

砲台設置のためには、地元の大人たちをはじめ小学生も駆り出され、毎日石拾いをしてコンクリートに混ぜるなどの奉仕作業をさせられた。今その跡は、巨大なコンクリートの穴として、私たちの眼下にあった。穴底には植物が逞しく繁茂し、五月の陽光に照らされていた。

コンクリート壁には幾つもの縦筋が走っている。戦後アメリカ軍によって、砲台が撤去されようとした時のハッパの跡だ。砲弾は結局完全に破壊できず、八幡《やはた》製鉄所の手によって処分され、鉄くずとして製鉄所に引き取られていった。砲台設置と取り壊しのために使われた莫大な費用と、この作業に携わった人々を思う時、戦争の愚かしさと空しさに胸が塞がってくる。

砲台跡を眺めるうちに、これまで明確な輪郭を持たなかった壱岐という島が、紛れもなく日本国であるという実感がこみ上げてきた。古代からこの島は、日本と大陸の中継地点として、多くの人々の往来を見つめてきた。大陸に呑み込まれることなく日本国であり得たとは、奇跡である。負の遺産である砲台跡は、この島が日本に所属していたからであり、実戦に使用されなかったのは、幸いなことなのだ。

『魏志倭人伝』に、『一大國』(あるいは『一支國《いきこく》』)と記された島。その島に、私は立っている。すると、さんざめく古代人の声が、海原の彼方から聞こえてくるような気がした。

壱岐

沖縄の寒波の中で

その寒さは、百数十年ぶりとも言われた。

沖縄は一月でも、例年二十度近い気温を保っている。寒い本州を抜け出して、暖かい沖縄へという甘い考えで出かけたが、ものの見事に裏切られた。

二〇一六年一月二一日から二五日まで、沖縄は本島で雪を観測するほどの冷え込みとなった。ちょうどこの時期に沖縄に行ったのは、神の差配なのだろうか。

天気予報通り、初日の那覇の町は雨に霞み、海は鉛色に沈んでいた。二日目の西表島なら、まさかそんなことはあるまいと思っていた。暖かい冬の沖縄を体感できると信じていたのだ。快晴とは言えないながら、海で遊ぶ人の姿もあった。だから私たち夫婦は、まだ翌日の天候に一縷の望みを繋いでいた。

しかしその期待をあざ笑うかのように、三日目の朝は雨と風の音で目覚めた。予報は的中し、窓外の海は牙を剥いて、白い波頭を浜辺に打ち付けてきた。どんよりとした空から落ちてくる激しい雨。獣のうなりのような風は、沖縄とは思えない寒さを運んでくる。

この日はホテル近くの浦内川《うらうち》を上流まで遡り、船着き場から「マリュドゥの滝」と「カンビレーの滝」まで、ジャングルトレッキングをする予定だった。

悪天候の中観光船に乗り込んだのは、外国人三人を含む総勢一二名である。物好きな客たちは、マングローブについての説明を聞きながら川を遡った。相変わらず風に煽られた雨が、絶え間なく降ってくる。とにかく寒い。やがて大きな岩が見えてきた。通称「軍艦岩」と呼ばれる船着き場だ。私たちは、直ちにトレッキングを開始した。外国人たちもどうやら歩くらしい。残りの人々は、そのまま引き返すという。

外国人を追い越し、私たちはどんどん進んだ。雨は激しく降り続いたが、風はジャングルに遮られて意外に静かだった。滝までのトレッキングは往復二時間。

「十二時に迎えに来ますから、気をつけて歩いてください。道は一本道で、迷うことはありませんので」

船の操縦士は、そう言い残して去って行った。私たちは初め、外国人も一緒だし心配はないと思っていた。ところが数分後、あたりに人の気配が感じられないことに気づいた。

「なんだ、あの人たち根性ないね」

「うん、カッパも着てたし、長靴も履いていたのにねぇ」

かくして私たちは、この秘境感漂う場所に取り残されたことを知った。

後になって分かったことだが、例の外国人たちは、トレッキング開始直前に、宿泊先のホテルから連絡が入ったそうだ。

石垣島へのフェリーが、この日の午後から欠航になる由。午前中に石垣島に移動されたしとの内容だったらしい。彼らは根性なしではなかったのである。実は私たちにも、ホテルから携帯に連絡が入っていたのだが、ジャングルという圏外にいたのでメッセージが届かなかったのだ。

「今夜のニュースで、西表島で行方不明の中年夫婦が……なんて言われたりして」

「いや、老夫婦かもな」

しばらくは、そんな他愛のない冗談も言えた。しかし徐々に無口になっていく。道は狭く険しくて、ほとんど川と化していった。ところどころに木の根や石が混在する道を、泥水が流れてくる。自然は手強い。

マリユドゥの滝は展望台からしか望めなかった。遙か下方に見える滝壺は、風雨に白く煙ってスローモーションの動画のようだった。一方、カンビレーの滝は間近で見られた。雨で増水し濁流となって押し寄せるさまは、まるで暴れ龍のようで、その迫力に圧倒された。写真で見る穏やかな川のようなイメージとは、大きく異なっていた。

普段は観光客が何人かはいるはずなのに、この時はほかに誰もいず、私たちは滝を独り占めできたことになる。悪天候の賜であろうか。無事に船着き場に戻った私たちを確認して、操縦士はホッとしたような顔をした。ちなみに台風以外で、フェリーが欠航になるのは初めてらしい。

ホテルに戻ると、多くの宿泊客が予定を変更し、午前中のフェリーで石垣島に渡ったことを知った。予想通り翌日のフェリーも欠航と決まり、私たちは延泊を余儀なくされた。

それにしてもこの日も翌日も、南の島は本土並みの寒さだった。羽田に着いたら着用するつもりだったダウンジャケットを引っ張りだした。まさか西表島でこんな厚着をすることになろうとは……。

沖縄の寒波は、人が自然には抗えないことをつくづく実感させてくれるものだった。

――青森にて――

下北の空

五月の下旬、下北半島への旅は好天に恵まれた。羽田から三沢に飛び、空港からまず向かったのは、「寺山修司記念館」である。寺山は弘前市の生まれであるが、少年時代の数年間をこの三沢の町で過ごした。彼の死後、その遺品が母・はつによって三沢市に寄贈された。その保存・公開のために建設されたのが、この記念館である。

それにしても、この記念館はなんと特異な空気を醸し出していることだろう。コンクリートの無機的な建物の外壁に、何枚もの陶板が貼り付けられている。寺山にかかわった人々やその功績が、そこに嵌め込まれているのだ。

鮮やかな新緑と吹き渡る風の中で、この建物の周囲にのみ異質な空気が漂っていた。

「時には母のない子のように　だまって海を見つめていたい……　だけど心はすぐかわる

母のない子になったなら　だれにも愛を話せない」（作詞・寺山修司）

下北の空気には、寺山の哀しみと、彼の母の狂気と一体化した愛が混じり合っていた。この感覚は、旅の間中、ずっと私に付きまとってきた。

「まさかり半島」の異名を持つ下北半島の、その柄の部分を走り続けて約二時間。尻屋崎《しりやざき》は、本州最北東端の岬である。

白亜の灯台が、千島海流と津軽海峡からの潮を分かつかのように屹立している。潮の温度差で発生する霧が、太平洋側から生き物のように押し寄せてきた。どこからともなく現れた寒立《かんだち》馬《め》が、霧の中で草を食《は》むその姿は、人を現実と幻想の狭間に誘《いざな》う。

寺山修司記念館

この馬は、決して姿の良い馬ではない。元々農耕用だったものが放牧され、定められた期間中、自由に草を食んでいるのだ。サラブレットのようにスラリと伸びた足ではないが、その無骨な姿が、この地になんと似合っているのだろう。

海面から立ちのぼる霧と寒立馬、そして「本州最涯地《さいがいち》　尻屋崎」の石碑は、旅人の旅情をいやが上にも掻き立てる。

「かもめは飛びながら歌をおぼえ　人生は遊びながら年老いてゆく……」

頭の片隅にまた、寺山の詩の一節が囁きかけてくる。

やがて車は、恐山への山道を走っていた。むつ市を過ぎて、幾つかのカーブを曲がった後、少し下りになった。このあたりから、硫黄臭が立ち込めてきた。

赤い太鼓橋は、三途の川に架かる橋だという。山門は予想以上に壮大で、平安京入口の朱雀門を連想させた。参道を進んで行くと、その突き当たりにあるのが地蔵殿だ。そしてその左方に展開する風景には、思わず息を呑む。「荒涼とした」とか、「殺伐とした」という表現は月並みだが、ほかに言いようがない。参拝順路に沿って歩いて行くと、「無間地獄」、「賽の河原」、「血の池地獄」等々、おどろおどろしい名称に満ちた異界が広がっていた。

硫黄臭と噴気、火山活動による地形、至るところに積まれた石。その間で幾本もの風《かざ》車《ぐるま》が、寂しく風に吹かれている。

観光バスが何台も止まり、けっこうな数の人々があたりを往来している。それでも感じる不気味さ。「パワースポット」などという言葉の、あまりの軽さ、浅薄さに腹立たしささえ覚える。

数々の禍々しい風景の果てに、やがて人は、これまたこの世ならぬ世界に辿り着く。宇《う》曽《そ》利《り》湖《こ》と、その背後に聳える均整の取れた大尽山《おおづくしやま》だ。ここを、「極楽浜」と名づけたのは頷ける。

「あの形の良い山に向かって手を合わせると、願いが叶うそうです」

団体ツアーのガイド嬢が、マニュアル通りの説明をしている。人々は一様に同じ動作をする。ここは極楽、叶わぬ思いはない。天上の楽《がく》の音さえ聞こえてきそうだ。

しかしそれは一瞬の平安であって、ここが真の安らぎの場であるとは、私にはどうしても思えなかった。なぜならそこは、あまりに静かで澄み切っているので、かえって不安になってしまうからだ。

「恐山はパワーレス・スポット（パワーのない場所）なのです。中心が空《くう》だからこそ人々の想いを受け止め、預かることができる」

恐山院代《いんだい》（山主代理）の言葉だ。


晴れ渡った五月の空だった。地獄も極楽もすべてを包み込む空に、寺山の詩のフレーズがまたもや響いてくる。

「もういいかい　まあだだよ　百年たったら帰っておいで　百年たてばその意味わかる」

下北半島には、奇妙な明るさと哀しみが漂っている。

――北陸を往く――

家持《やかもち》と越中時代

二〇一〇年三月の末、次女の大学卒業式を終えた私は、夫とともに北陸の地にいた。その年はまだ寒さが残り、春にはほど遠い天候だった。寒さに震えながらも能登半島を巡り、未踏だった富山の地を訪ねることにした。

というのはこの地に、学生時代から敬愛する大伴家持《おおとものやかもち》が、かつて越中国司として赴任していたからだ。高岡市にある「万葉歴史館」を訪ねた私は、その入り口に懐かしい名前を発見した。

『学習講座　大伴家持と共に』という講座名の隣に「講師　小野寛」とあったのだ。

小野先生は、私の学生時代、隣の大学に勤めておられたが、私が受講する講座の教授が米国留学されたので、短い期間わが大学に講師として見えていた。まだ若かった先生の授業は大変面白かった。短い期間ではあったが、学生の心を充分に惹きつける授業内容だった。私は先生が去られた後も、時々こっそりとその大学の学生に紛れて、授業を拝聴しに行ったことがある。後になって先生が、家持の専門家と知り、ますます親近感を抱いていた。そんな経緯のある先生の名前は、だから殊更懐かしく思い出されるものだった。

先生は当時、この「万葉歴史館」の館長をされていた。

さて大伴家持は、私が大学の卒業論文に選んだ歌人である。三年になって、そろそろ研究の方向性を定める時期になったとき、それまでの学習を振り返り、やはり『万葉集』、それもその編者である「大伴家持」について考察したいと思うようになった。当時の私には『源氏物語』はあまりにも高みに輝く存在だったし、『徒然草』にも、どこかしっくりこないものがあった。その点『万葉集』というのは、そこに収められた歌人たちの身分も歌体も様々で茫漠としており、だからこそやり甲斐があった。万葉の歌聖である柿本人麻呂《かきのもとのひとまろ》や、額田王《ぬかたのおおきみ》をはじめとする華やかな女流歌人たちにも心を動かされた。

しかし万葉集の中で最も多くの歌を残し、それ故に必ずしも傑作とは言えない歌も多い家持に、なぜか己の内面が反応したのだった。

家持は養老二年（七一八年）、大伴旅人《おおとものたびと》の長男として生まれ、少年時代は比較的恵まれた環境の中で育ったようだ。両親を十代の前半で亡くす等の不幸はあったが、名門大伴家の後継者として、概ね順調な生活を送っていた。

一方、時代は新興勢力藤原氏の台頭があり、家持の人生に暗い影を投げかけてきた。家持は当時の権力者　橘諸兄《たちばなのもろえ》と親しく、それが藤原氏にとっては目障りだったのだろう。

天平一八年（七四六年）、二九歳の家持が越中守《えっちゅうのかみ》として赴任したのは、栄転だったのか左遷だったのか判然としない。しかし越中時代の五年間、家持の詠んだ歌の数も内容も秀歌が多く、むしろ彼の詩心は、この地で開花したとさえ言える。都での権力争いを一歩離れた所で眺めていられたことが、彼を伸びやかにさせたのかもしれない。

越中時代の家持の歌に「布勢水海《ふせのみずうみ》」を詠んだものがある。

布勢の海の　沖つ白波　あり通ひ
いや年のはに　見つつ偲はむ

家持の時代には、風光明媚な所だったのだろう。その場所は、富山県氷見市の田園地帯の中にあった。そこの小高い丘が「布勢円山《ふせのまるやま》」である。

藤波神社

万葉時代、この丘の周辺は「布勢水海」と呼ばれる大きな水海だった。家持はこの水海が殊の外気に入って、友人たちと船遊びに興じたらしい。近くには「藤波《ふじなみ》神社」というものもあると、大学時代に知って、いつかは行ってみたいと思ってい た。やっとその思いが叶って訪れた「布勢円山」だが、それがどこにあるのか容易に分からなかった。田んぼで作業をしていた女性を見つけ確認すると、

「ああ、確かにあそこがそうですが、あんな所、地元の人は誰も行きませんよ」

と、女性は呆れたように言った。今から十年以上も前の話なので、現在そこがどうなっているのか分からない。女性の言葉を聞き流しながらその丘に行ってみると、鳥居はあっ

たが、それに続く階段にはたくさんの枯れ葉が積もっていた。どう見ても整備されているとは言い難かった。憧れの場所に行ってみたら、思いの外寂れていて失望するということはよくある話だが、この時の「布勢円山」がまさにそうだった。

「布勢円山」から見渡した一面の田園地帯は、一三〇〇年前は大きな「水海」だったそうだ。その後大雨ごとに川の上流から流出した土砂が堆積し、さらに干拓事業で水海は小さくなった。はるか昔に家持たちが周遊したという水海は、今や跡形もなかった。その面影は「十二町潟《じゅうにちょうがた》」という所に微かに残っているらしい。

「藤波神社」は、その近くにあった。

藤波の　影なす海の　底清み
しずく石をも　珠《たま》とそわがみる

家持の歌の中で、さほど有名なものではないが、学生時代の私の目には新鮮な感動を持って映った歌である。そんなに綺麗な水が流れている場所に自分は今、立っている。そう思うと、感慨ひとしおだった。神社への階段の両側には、鮮やかな椿の花が咲いていた。曲がりくねった藤の枝はあったが、まだ藤の季節ではない。そこに藤の咲く様子を想像しながら、私は拝殿の前で手を合わせた。

越中には家持の痕跡がこの他にも多々あるが、その時は訪ねることができなかった。この程度で彼の越中時代の歌について、あれこれ論じるのは僭越であるが、少なくとも春まだ浅いこの地域の空気を実感することはできた。家持はここで、越中から遠い奈良の都をどんな視線で眺めていたのだろうか？　長く厳しい北陸の冬、待ち望んだ春の訪れ、都への思いは複雑に渦巻いていたことだろう。

「万葉歴史館」で、家持の自筆と言われるものを見た。それは太政官からの公文書である「太政官符《だじょうかんぷ》」に、「家持」と署名されたものだ。普通署名と言えば、楷書で書くものと思い込んでいたが、家持の署名は、行書に近いものだった。漠然と、家持の文字は繊細なものだろうと決めつけていたのに、その署名からは無頼な雰囲気さえ感じられた。何ものかへの反骨心が、漲っているようだった。

こう捉えると、『万葉集』に東歌《あずまうた》や防人歌《さきもりのうた》などを採録したのは、家持のどこか反主流的な生き方と関係しているのではないのか？　その結果、他の歌集と大きく異なって、広い階層の人々の歌を残し得た。家持の自筆から、こんなことまで考えてしまうのは、飛躍しすぎだろうか？

天平宝字三年（七五九年）一月、因幡国庁《いなばこくちょう》に降る雪を眺めて詠んだ歌を最後に、家持は沈黙する。同時に万葉集も幕を閉じた。家持のその後の歌は、何処にも残っていない。かつて「悽惆《せいちょう》の意《こころ》（心の痛み）、歌にあらずは撥ひ難きのみ」と述べ、歌によって救われていた家持だったが、今やその歌さえも救いにはならなくなった。行き場を失った彼の心は、どこに向かったのだろうか？　大方の評論家は、家持は歌が詠めなくなったと言うが、私は文芸評論家山本健吉氏の次の考察に共感している。

「私には、家持が死ぬまでの二十数年間に詠みためた絢爛としてしかも愁の思いに沈んだ作品群が、虚空に見えてくることがある。芸術が永遠であることなど、私は信じない。芸術・文学の歴史には、永久に知られざる傑作が、消え去った生の証しが、いくらでもあるに違いない」（『日本詩人選5　大伴家持』筑摩書房・1971年刊より引用）

家持は、本当の意味での詩人になったのではなかろうか？　記録や発表などを必要としない心の詩を詠み得た時、彼は永遠に沈黙したのだ。

そうして、彼は振り返る。あの一筋の灯りをもたらしてくれた「越中時代」を。歌を詠むことが本当に楽しかった。煩わしいことを考えずに過ごせたあの時代、あの時があったからこそ、その後の人生を乗り切ることができたのだと。

家持は延暦四年（七八五年）、六八歳で没した。死後数日で「藤原種継《ふじわらたねつぐ》暗殺事件」に関与していたとして除名、領地も没収された。二一年後の延暦二五年（八〇六年）に、ようやく本位に復されている。彼の政治的不遇は死後にまで及んでいた。私は改めて彼は、その本質が政治向きの人ではなかったと思う。武門の家柄に生まれたこと自体が、悲劇だった。生来の文人気質を封じ込めて、「ますらを」たらんとして生きたために、常に「いぶせき（気が晴れない）思い」に苛まれていた。

越中の空気や風景は、そんな彼の心を癒し、『万葉集』という壮大なアンソロジーを生み出す礎を提供したのだろう。

雨晴《あめはらし》海岸から望む立山連峰は圧巻である。家持の眼差しを感じながら、私もはるかな古《いにしえ》に思いを馳せた。

第二章　日々の記憶

骨折の顛末

災難は、まさに心の隙を狙って訪れた。それはホッとした瞬間を見すかしていたかのように、突然背後からやって来たのだ。

二〇一六年の一二月初旬のことである。私は、その年の六月から某高校の非常勤講師を務めていた。契約は一二月までということだったので、その日私は退職届を提出し、安堵感とともに帰宅するところだった。教材として使用していたものを両手に持ち、荷物で足下が見えない状態で下足箱前に急いだ。

正直、俗に言うところの「ルンルン気分」だったことは否定しない。だから足下のカーペットに躓き、右手を思いきりついて転んだ時も、たいしたことはないと思った。

思えばかつて経験したことのない痛みが走ったのだが、左手を使えばなんとか車も動かせたので、二〇キロの距離を運転して自宅に戻ってきた。すぐに近所の整形外科に行ったところ、正真正銘の右手首骨折との診断が下された。病名は、「右橈骨遠位端《みぎとうこつえんいたん》骨折」。

とっさに頭に浮かんだのは、非常勤の仕事がまだ数時間残っていることだった。しかし医師は、早く治すためには、手首に金属プレートを埋め込むことが望ましいと宣った。

かくして一週間後、私は手術台に横たわっていた。出産以外で入院したことのない私は、ことの成り行きに戸惑いつつも、一種の好奇心のようなものもどこかにあった。

昨今の医療ドラマの影響もあって、手術室のライトがパッと点いた時には、不謹慎にもドラマと同じだなどと思ったりした。麻酔をかければ、当然意識はなくなり、目覚めた時にはすべて終わっているだろうと、高を括っていたのだ。ところが麻酔は部分麻酔で、なにが行われているのか、すべて分かってしまうのだった。

看護師が、「バイタルは……」と報告し、医師は頭上で「一四番くれる？　いや、一五番かな？」などと、プレートを固定するスクリューの番号らしきものを、スタッフに要求している。スクリューを締めるためなのか、車修理の際に使用されるレンチのような音も聞こえる。たいへんにリアルである。ずいぶん長い時間にも感じられたが、手術時間としては、たいしたものではなかっただろう。

右手にいつもの感覚が戻るまでには、五時間以上はかかった。麻酔が切れた後、さぞ痛むのかと思いきや、予想に反して思ったほどではなかった。冬休み前の週には、右手は使えないものの、仕事も無事終了した。

ところがこの手術から一ヵ月も経たない年末に、今度は背中から腰にかけて痛みが走った。なんということだろう！　右手首に続いて、背骨の一部の「胸椎」の骨折が判明したのだ。

「いわゆる、『いつの間にか骨折』というものですねぇ。しかもその二つ下の骨も、以前に骨折されていますね」

医師の言葉に唖然とした。今回の骨折はもちろん、以前の骨折についても、その原因に思い当たる節はまったくない。

骨密度が低いと言われ、「骨粗鬆症」の薬を飲むようにとのアドバイスを受けた。コルセットを着用すること二ヵ月弱。家事もあまりできず、右手をかばいながら、寝起きには背中や腰が痛む。参った。今までこれといった病気をせずにここまで来られたのは、奇跡的なことだったのかもしれない。

骨折の治療は、驚くほど原始的である。確かに、早く指が動くようにと、金属プレートを埋め込みリハビリも行う。だが治療法と言えば、痛み止めの薬が与えられるくらいで、後は自然に骨がつくのを待つほかはないのだ。診察のたびにレントゲン写真を撮り、それを見た医師が治癒の経過を説明してくれる。結局は時が治してくれるのを、根気強く待つということらしい。

コルセットを着けて安静にしていなければならない生活を送っていると、さまざまな想念が頭をよぎる。

『徒然草』の一節に、「死は前よりしも来たらず。かねてうしろに迫れり」とあるが、災難もまた然りである。ある日突然、ほんの数秒の瞬間が、人生を変えることもある。今回ほど、そのことを痛感したことはなかった。

手足が自由に使えたり、明日がまた何事もなくやって来るだろうなどと考えたりするのは、人間の傲りである。手足が二本ずつあるのには、意味があったのだ。右手が使えなくなって初めて、左手のありがたみが実感できた。苦い経験ではあったが、今後の生き方や物事の捉え方に、少なからぬ影響をもたらしたことは確かである。

枯れない枝

二〇一九年の母の日に、娘たちから花束をプレゼントされた。その中に脇役として入っていたのが、「ルスクス（ルスカス）」という枝である。薔薇やトルコキキョウといった主役を引き立てるために添えられたその枝は、当然徐々に枯れていくほかの花々とともに、処分すべきものと思っていた。

ところがこの枝は、いつまで経っても生き生きとした緑色を保っている。捨てるに捨てられず、その後多くの花たちの添え物として活躍した。一年経った今でも、我が家の玄関に鎮座している。

「もしかしたら造花なんじゃない？」

夫もやがて、そのあまりの長命ぶりを訝しむようになった。しかし枝を少し切ってみると、どうも造花とは思えない生きた植物の様相を呈している。こんな植物があるのだろうか？　と、少し不気味ささえ感じていたある日。ふと見てみると、互生した葉の中ほどに、白い虫のようなものが付着していた。しかもこの虫のようなものは、葉の裏側にも付いているではないか。

枝は四本ほどあったが、どの枝の葉にもその気味の悪い物体が見受けられるのだ！　動く気配のないその白いものに恐る恐る手を伸ばして引っ張ってみると、それは葉に密着していて容易に離れなかった。ようやく私も、それが虫ではなく、この葉の内側から発生したものだと気づいた。それにしても葉脈の真ん中から芽が出て来るような植物があろうとは、それまでの私の見聞にはないことだった。

とは言え、その珍現象に気づいてからも、正体を調べてみようとまでは思い至らなかった。ところが、「新型コロナ」という、人類が経験したことのないウイルスに世界中が覆われたある日。ついに私の関心が、この枝に向かったのだった。

それまでは旅が大好きで、三ヵ月に一度はどこかに出かけていた。それなのに外出は制限され、人とは距離を取ってなるべく接触しないようにという生活が強いられた。勢い精神が、より内側に向けられたからだろうか。未だ白っぽい虫のようなものを、その葉っぱにまとわせている植物が、再び気になり始めてきたのだ。

「植物、葉っぱの表裏に芽のようなもの……」といった項目を、思いつくままにパソコンに打ち込んでみた。するといくつかの画像が出て来て、その中に我が家の謎の植物が現れたのだ。その名は学名読みで、「ルスクス・ヒポフィルム」と言い、「ユリ科ナギイカダ（ルスクス）属、常緑少低木」とあった。

私が葉っぱと思い込んでいたのは、「枝が変化した扁平な葉状枝」というものだと分かった。あの葉っぱは、枝だったのだ！　そして私が、「薄気味悪い白い虫のような」と認識していたものは、その植物の「花」なのだという。おそらくは花瓶に挿して放置していた結果、成熟したのだろう。本来は赤色になるはずの実は白っぽく、花も淡い緑色となるところを、くすんでいじけた咲き方になってしまった。

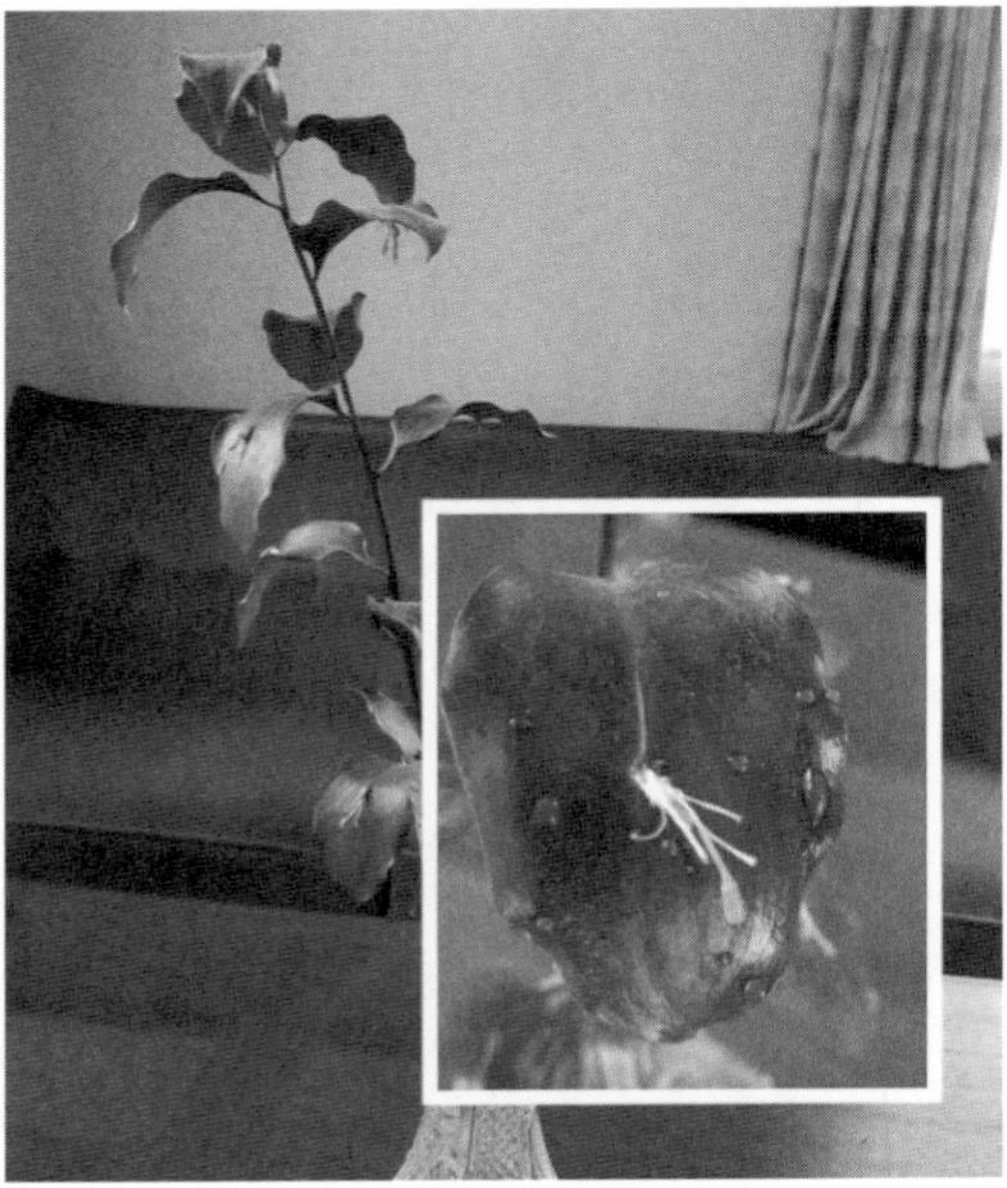

ルスクス

それにしても、花瓶の中で根茎を生じることもなく、秘やかに花が咲くような植物があろうとは驚きである。

この植物の名「ルスクス」とはラテン語の古い名前で、「ヒポフィルム」の意味は分からないという。これによく似た日本の植物に、「花筏《はないかだ》」というものがある。花筏を知っている人は、ルスクスをイメージできるだろう。

原産地は、マディラ諸島からコーカサスにかけての地方だとか。ポルトガル南西部の海上に位置するマディラ諸島は、温暖な気候に恵まれている。葡萄が栽培されワインが生産されているこの島で、ルスクスは海風に吹かれていたのか。

しかしまた地中海沿岸を経て、コーカサスにもその原産地は及んでいる。山頂が白い雪で覆われたコーカサス山脈の写真を見たことがある。この植物の奇跡のような生命力は、寒暖にかかわらず、その土地に根ざして生き続けてきた強さと関係があるのだろうか。

ルスクスがいつ頃日本にやって来たのかは分からない。だがどこかのモノズキの手によって海を越えて伝搬された末裔が、今、私の手元にある。なんだかとても不思議な気がする。また同時に、巡り合わせと言うことを考えると、厳かな気分にさえなる。

「え？　まだ生きてるの？　本当に？　でもまぁ、よく今まで捨てないでいたものねぇ」

と、娘たちは呆れている。

この植物のどこが、私を魅了したのだろう？　つらつら考えてみるに、それは今までの植物という概念を見事に覆されたからなのだ。木も花も切り取ってしまえば、さほど長い期間生き続けることはない。咲く花は散るのが定めで、そのことは誰もが知っているこの世の掟である。ところがこの植物は、そんな掟をさらりと跳ね返し、一年以上経った今でも、枯れずに玄関の花瓶に収まっている。

なんという逞しさ！　見かけは榊の枝のようなのに、いつまで経っても色あせない。葉っぱとしか思えない葉状枝から花を咲かせる、不思議な植物。長年生きていると、まだまだこの世には、常識が通用しないものがあるらしい。

驚きついでに、「この枝が、現在蔓延中のウイルスを吸収してくれないものか……」などという、あり得ない願望が浮かんでくる。

頃は六月。外には来たるべき夏の、熱気を孕む風が吹いていた。

オオミズアオの記憶

窓の外の猩々《しょうじょう》もみじに、一匹の蛾が留まっていた。いや留まっているというよりは、しがみついていたのかもしれない。片側の翅《はね》は擦り切れ、痛々しい様子だった。久しぶりに目にしたその蛾は、紛れもなくオオミズアオだ。朝からの雨に打たれ、薄みどり色の翅は光沢を失っていた。近づいて間近からシャッターを押しても、逃げる気配もない。もはや、その力さえ残っていないのだ。

蛾というものは、正直、薄気味悪い。宵の口に窓枠に翅を広げて留まっているのを見ると、どこか現実離れしたその姿にゾッとすることがある。両翅を広げたまま動かない様子や、精緻な翅の模様を見つめていると、異様な気分に見舞われる。

オオミズアオは、そういった一般的な蛾とは異なって、複雑な模様はなく、全体が薄みどり色である。しかしよく見ると、その翅にはもみじと同じような色の細い線が、不規則に数本走っている。そのさまは、まるで血管のようにも見える。

オオミズアオを初めて知ったのは、高校生の時だった。その頃愛読していた作家・北杜夫の『幽靈』という小説の中に出てきたのだ。「ある幼年と青春の物語」というサブタイトルがついたその作品は、北杜夫のデビュー作である。全編がみずみずしい感性に満ちており、見方によっては、ほとんど詩と言ってもいい。

この本を私に紹介したのは、同じクラスのFさんだった。正確に言うと、紹介ではなく、本そのものをプレゼントしてくれたのだ。

当時私は、まだ北杜夫の作品を読んでいなかった。その頃やっと単行本として復刊されたというその本を、彼女はぜひ読むようにと命令した。

「出だしを見て！『人はなぜ追憶を語るのだろうか』ってあるでしょ。この書き出しがすてきだと思わない？」

そこに書かれていたのは、人間の内奥に潜む「心の神話」についてだった。通常は時の経過の中に埋もれていくその神話に、ある時、人は「ふっと目ざめることがある」という。桑の葉に穴をあけ続ける蚕が、自分の咀嚼する音に気づいて、「不安げに首をもたげ」るように。

「そんなとき、蚕はどんな気持ちがするのだろうか」というフレーズに、彼女は心を鷲掴みにされたようだ。

「首をもたげた時の蚕の気持ちよ！　そこに着目するなんて、なんてナイーブなんだろう！　この感性には参っちゃった」

「とにかくこの作品を読んで、感想を聞かせてほしい」と、彼女は言うのだった。

その本は色褪せ、カバーが破れたりしてはいるが、確かに今も私の手元にある。

半ば強制された形でその本を読んだ私だったが、印象は鮮烈で、以後の私の読書人生を左右することになった。北杜夫の著作の中で、この作品ほど魂を揺さぶられたものはなかった。私は繰り返し何度も読んだ。

だからオオミズアオを見た時、反射的に『幽靈』の終盤部分が浮かんで来たのだ。確かに最後の頃に、オオミズアオが出てきたはず。当時その昆虫が、どんな色でどんな形態をしているのかは知らなかった。しかし図鑑でその姿を見て、それまでの蛾のイメージを覆された私は、以来この小さな生き物に、奇妙な親近感を持つようになった。

Fさんは、当時としてはかなり風変わりなところがあった。背はさほど高くはなかったが、長いまっすぐな髪をなびかせ、颯爽としていた。見ようによっては、生意気にも傲慢にも見えた。

その彼女が、どういうわけか私の自宅に月一回くらいの割で、手紙を送ってきたのだ。その内容は、便せん七枚ほどにも及ぶ文学論だった。彼女のお陰で、私は多くの文学者を知った。

おぼろな記憶を辿ると、北杜夫はもちろん、トーマス・マン、キェルケゴール、ニーチェなどについても言及されていた。そうとうにレベルが高いが青臭い。いかにも一七、八歳の、小生意気な少女が書きそうな内容である。そして私もまた、充分に自意識過剰な返事をしていたのだろう。

二人とも同年代の少女たちよりも一段上を歩いているという、根拠のない優越感があった。若さ故の思い込みは滑稽であるが、だからこそ、そんな自分たちが愛おしくもある。

私たちはまた、当時はソヴィエトと呼ばれていた国の映画を見にも行った。しかもトルストイやドストエフスキーの作品を映画化した文芸路線ものである。今どき誰が、そんな小難しい映画を見るだろうか？　それなのに、そんな映画を飽きもせずによく見た。

オオミズアオから想起された高校時代の友人。その友人の訃報を、私は何度目かのクラス会で耳にした。

あんなに仲良くしていたのに、卒業後なぜか彼女に会うことはなかった。現在のように携帯電話もなかったし、当時私の家には家庭用の電話もなかった。連絡することもなく過ぎ去った月日は、取り戻しようがない。

四十代半ばで、彼女は逝った。

窓外のオオミズアオは、黄昏が迫っても動こうとしなかった。擦り切れた片方の翅が、降り続く雨に打たれている。そのさまは、生きているのかどうかすら分からなかった。

雨上がりの翌朝、オオミズアオの姿はどこにもなかった。あれは幻だったのか？

誇り高いFさんが、ふとしたはずみに気まぐれを起こして、半世紀近く前の友だちに会いに来たのだろうか？　尾羽《おば》打ち枯らしたその姿に、過ぎ去った幾星霜《いくせいそう》を思い起こした梅雨のひとときだった。

ウクライナのひまわり畑

過日、久しぶりにイタリア映画『ひまわり』を見た。この映画を見るのは、三度目になる。最初は映画が公開された一九七〇年代、東京の映画館だった。

当時まだ学生だった私は、高校時代に旧ソヴィエト映画『戦争と平和』を見てひどく感激していた。その映画でヒロインのナターシャを演じたリュドミラ・サヴェーリエワが、この『ひまわり』に、ロシアの村娘役で出演していると知った。この映画に対する興味として、サヴェーリエワの成長ぶりを見たいということがあった。

まだ若かった私は、『ひまわり』が訴えようとしている反戦のテーマにはあまり心を動かされず、登場人物たちの恋愛模様に思いのほとんどを占領されていた。ヘンリー・マンシーニの甘美なテーマ曲が、さらにそれを増幅させた。七〇年代と言えば、戦後二五年以上も経っており、ベトナム戦争も終盤に差しかかっていた。そのせいか戦争は、現在のロシアのウクライナ侵攻ほど身近なものではなかった。

二度目にこの映画を見たのは、数年前テレビで放送された時である。この時には、テーマ曲への懐かしさが勝ってしまい、またしても内容に深入りすることはなかった。

三度目の今回は、鹿沼市主催による市民文化センターでの上映だった。『ひまわり』は五〇年以上も前の映画なのに、県内でも既に数ヵ所で上映されている。これは全国的な傾向で、理不尽な理由で始まった戦争に対して、人々が反戦の意識をかき立てられた結果なのだろう。

今回私はこの映画に、初めて真剣に向き合ったように思う。主人公の二人はジョバンナとアントニオ、演じるのはソフィア・ローレンとマルチェロ・マストロヤンニで、二人ともイタリアを代表する往年の名スターだ。

映画の冒頭は、巡り会った二人が引かれ合い、恋に落ちるというイタリアらしい明るい展開だ。しかし徴兵を逃れるために画策した結果、アントニオは罰として地獄の東部戦線、ソ連に送られてしまう。想像を絶する酷寒のロシアの大地、敗走するイタリア兵は次々と雪原に倒れ取り残されてゆく。最後までアントニオに付き合ってくれた同輩も、やがて彼を残して去って行った。戦争とは、人を利己心の塊へと導く。人間はやはり最終的には己が可愛いのだ。

残された者にも去って行く者にも、心に深い傷跡を残す。もはや絶望と思われたアントニオに助けの手を差しのべたのが、現地の娘マーシャである。マーシャに救われたアントニオが、その娘と暮らすようになったことを、誰が責められよう。平穏なアントニオとマーシャの生活の影で、イタリアに残されたジョバンナは、不安に打ちひしがれながら彼の帰りを待っていた。しかし待ちきれずに、ついに遠いロシアの大地へと旅立って行く。アントニオの写真を示し、その存否を訪ね歩くジョバンナには、もはやかつての若さはない。戦没者の墓地に向かう列車の車窓に、広大なひまわり畑が広がっていた。その近くの稜線には夥しい数の墓標も立っている。

「このひまわりの下には、たくさんのロシア兵やイタリアの兵士も眠っています」

と説明する役人の言葉を、ジョバンナは夢中で打ち消した。

「いえ、あの人はここにはいない。どこかで必ず生きているはずです」

私はこの映画の中で初めて、こんなにも広いひまわり畑を見た。今でこそ、ひまわり畑は日本国中にあふれている。しかしその下に骸《むくろ》が横たわっていることはない。親子連れや恋人同士が、無邪気に写真を撮り合ったりしている。

最初に見た広大なひまわり畑がこの映画だったので、私の中にはひまわり畑に対する、一種のトラウマのようなものが刻まれてしまった。明るい夏の日差しの中で、なんのもの思いもなく、ひまわりの群落を眺望できる幸せを、私たち日本人は謙虚に噛みしめるべきだろう。

作家・魯迅は、その作品『藤野先生』の中で、文豪・トルストイが日本の天皇に宛てた書簡の冒頭に触れている。それは、「汝、悔い改めよ」という聖書の一節だった。この引用は言外に、「無益な殺し合いである日露戦争を始めた罪を反省しなさい」という意味を含んでいる。

もしトルストイが今、ロシアのウクライナ侵攻を見たとしたら、いったい何と言うだろうか？　自身が、『戦争と平和』という長大な作品を残したトルストイの目に、現在のロシアがどう映じているのか尋ねてみたいものである。

ウクライナのひまわりは、愚かな行為を繰り返す人間とは無関係に、空に向かって風に吹かれていた。その足元から、多くの兵士たちの思いが立ち上ってくるかのようだった。

歯医者通い

昔から、虫歯で苦労してきた。

虫歯というのは、一度そうなってしまったら決してよくなることはない。歯科医院に行くしか治す方法はないのだ。虫歯にならないように、ずいぶん注意してきたつもりだが、歯科医院とは縁が切れない。


私が子どもだった頃（昭和三十年代）の歯科医院というのは、とにかくよく待たされた。半日かかって、やっと治療が終わる。小さな田舎町だったから、当時は歯科医院の数も少なかった。待たされると分かっていても、そこに行くしかなかった。

そしてその頃の歯科治療と言えば、痛いのが当たり前だった。今のように、

「痛かったら、手を挙げて合図してくださいね」

などという丁寧な言葉はない。歯医者は虫歯という目的物に向かって、それを取り除くために、無慈悲に機械を操作するのだった。少なくとも子どもの私には、そう感じられた。

だから子どもの頃、幽霊の次に怖いものは、歯医者だった。診察台に座ると、いろいろな器具が目に付いた。いずれも先がとがっていて、そのとがった先が虫歯に触れ、痛む患部をさらに押し広げていくように感じられた。

小さなアルコールランプのようなものがあり、そこに火をつけると、医師はとがった器具の先を、その火で炙った。おそらくは炙ることで、器具の消毒をしていたのだろう。とがったピンセット状の器具も、アルコールランプも、子どもだった私には恐怖以外の何物でもなかった。

とは言え私は、理科が得意ではなかったのに、理科の実験器具というものが好きだった。シャーレやピペット、三角フラスコにメスシリンダー、中でもアルコールランプには、殊に興味があった。ランプの中の薄むらさき色の液体は、神秘的で美しかった。ランプの炎が石綿付き金網の上のビーカーを炙ると、ビーカーの中の液体が沸騰した。それがなんの実験なのかを理解せずに、私はただきれいだと思いながら、実験の時間を楽しんだ。

しかし、歯科医院のアルコールランプは、やはり恐怖の対象だった。

また患部を削るあの機械の音が、不快感を増幅させた。ガーッという音が頭に響き、時々機械の先端が神経に触れるのか、断続的に痛みが襲ってきた。口の中には機械が入っている。だから何も言えないまま、顔をしかめるしかなかった。

昭和三〇年代頃に比べると、最近の歯科診療はずいぶんと痛みは減ってきたようだ。ちょっと神経に触れる治療をする時には、麻酔を使う。麻酔を打たれる時に多少の痛みはあるが、後は感覚がなくなるので、歯を削られても以前のような痛みは感じなくなった。この点が、昔の治療とは格段の差があると思う。

相変わらず歯科医院との縁は切れないが、歯磨きの指導などをよくしてくれる。また歯間ブラシなるものを紹介され、歯と歯の間に隠れ潜む歯垢の除去法などについても、丁寧に教えてくれる。さらには定期的に歯の様子を診てくれるのだが、この定期健診で、私はたいてい虫歯を発見されてしまう。そしてその治療に時間とお金をかけることになる。

昔は虫歯の治療後に、アマルガムなどの合金を被せていたのだが、長い間にその下から虫歯菌が侵入したらしい。結局その合金をはがし、虫歯の治療をし、そこにセラミックなどの白い詰め物をする。セラミックは白いので、かつてのような銀色にはならない。そのほうが見た目が自然なので、ついセラミックを選んでしまう。するとそれは保険適用外だから、万単位の高額となる。

こうしてほぼ三ヵ月に一度、私は定期健診だけでは片が付かない時間とお金を、歯のためにかけることになってしまう。歯の痛みが治まり、白い歯になるのだから、仕方のないことと割り切ることにしている。


ところで、私は古い時代の日本が好きで、特に千年以上も前の歴史に興味を持っている。

しかし歯の治療に関しては、今の時代に生まれて本当に良かったと思う。私のような、基本的に歯に欠陥のある人間は昔もいたのだろうが、そういう人は、どうやってその痛みに耐えていたのだろう。アルコールランプも先のとがったピンセットも、ましてや恐ろしいうなり声を上げて患部を削る機械もないのだ。

「歯医者は嫌い。定期健診に行くとまた虫歯が見つかり、時間とお金がかかる」と言いながら、私はずっと歯科医院の世話になってきた。最近上歯の一番奥の歯が、水やお湯が浸みるようになってきた。これは抜いてしまうのが最良の方法と医師は宣《のたま》う。治療をしても、救える部分が極めて少ないからだそうだ。

　こうして私は、今後も歯の痛みと闘いながら歯医者通いを続けていくのだろう。それでも歯の治療など、神に祈るしか方法のなかった時代と比べてみれば、現代はずっとましである。歯科医院とのつき合いは、きっと死ぬまで続くだろう。そろそろ腹を括って、これも縁なのだと諦観することにしよう。そんな気持ちにやっとなりつつある。

Y子とオイラの日々

オイラとY子が出会ったのは、二〇一九年の送り盆の頃である。暦の上で立秋を過ぎていたとは言え、まだまだ暑い八月半ばのことだった。

「ねぇ、やっぱりまだ貼り紙があるよ」

「そうか、仕方がない。聞いてみるか」

そこは、お寺の本堂の隣にある住職の住まいである。玄関には大きなケージがあったが、その時オイラは境内をウロウロしていて、そこにはいなかった。

Y子夫婦が玄関のチャイムを押すと、この寺の女住職が、廊下を走る数多くの猫とともに、姿を現した。

「迎え盆の時に、捨て猫の貼り紙を見ました。送り盆の時にもまだ貼ってあったら、猫の顔を見てみようかということになりまして」

Y子が殊勝な顔でそう言うと、住職はうれしそうに一気に話し始めた。

「え？　引き取ってくれるの？　よかった！　ウチにはもう一六匹も猫がいて、みんな捨て猫だったの。また二匹捨てられていて、もうこれ以上はさすがにと思っていたのよ。とにかく顔を見てやって。一匹はキジトラで、もう一匹は三毛なの。すごくかわいいのよ」

住職は玄関前のケージを覗いたが、オイラも、もう一匹の三毛猫の姿もなかった。するとその時、一人の男がフルスピードで境内を走って行った。住職の夫だった。オイラはまんまとこの夫に捕まえられて、Y子たちと対面することになった。

「三毛猫のほうは雌で、この子は雄よ。どっちもかわいいんだけど、この子は格別ね」

Y子はひと目オイラを見て、運命を感じたと後で聞いた。それまで猫を飼うかどうか迷っていたが、顔を合わせたら飼うしかないと思ったそうだ。

Y子夫婦の趣味は旅行である。生き物を飼うと、簡単に出かけられなくなるというのが、最大のネックだった。しかし、大袋のペットフードまで用意されたのでは、とても断れる雰囲気ではなかった。

こうしてオイラは、Y子夫婦の飼い猫となった。ちなみにたぶんオイラの姉妹であったと思われる三毛猫は、その時どこかに出奔していたので、そのまま別れ別れになってしまった。オイラをかわいがってくれた住職の息子に、半分泣き顔で見送られながら、オイラはY子の家にやって来た。

オイラは元々能天気なので、引き取られたその日、Y子の家のソファで仰向けになって爆睡した。

「猫って、丸くなって寝るんじゃないの?」

と、Y子の相棒は不思議そうに言った。彼は、実は猫はあまり得意でなかったようだ。彼の母と姉が猫を苦手としていた影響だったが、だからといって、猫が絶対に嫌という訳でもなかった。いっしょに暮らすうちに、そこそこオイラに慣れてきて、かわいがってくれるようになった。

オイラの名前を決めるために、Y子と彼女の東京に住む娘たちとの間でラインが飛び交った。「お盆に、お寺でもらった猫だから、『盆』にしたら?」という娘たちの意見に、Y子は断固として、「そんな即物的な名前は許しがたい」と言った。

しばらくして次女が、

「じゃあ、『梵』ってどう? 仏教関係の言葉だし、ちょうどいいんじゃない?」

と提案してきた。Y子はこの文字がすっかり気に入ったらしく、こうしてオイラの名前は「梵」と決定した。

「梵ちゃん、あんたってホントに人たらしだねぇ」

道行く人の誰にでも愛想を振りまくオイラに、Y子はよくこんな風に言う。

「漱石先生が、百年も前に有名な猫の小説を書いてしまったから、後人がなにを書いてもそれ以上にはなれないけど、いつか梵ちゃんのこと書いてみたいな」

とも言う。

Y子は飼い主としてはかなり上等だろう。「猫は室内で飼いなさい」と言う動物病院の医師のアドバイスを聞き流し、オイラを自由に外に出してくれる。オイラはついつい本能に従って、モグラやネズミを捕獲したり、鳥を捕まえたりしてしまう。そんな時にはため息をつきながらお説教をするが、オイラにはなぜそれが駄目なのか理解できない。いつもお世話になっているY子へのお礼のつもりなのに、Y子は悲しそうな顔をする。

保護猫を引き取る場合、年齢制限があって、六十歳以下が望ましいという。だから保護猫を正式に引き取れなかったY子は、檀家の寺でオイラと会えたことを幸運だったと思っている。

ここ数年、猫も人間も長生きするようになった。

「今まで飼った猫で、一番長生きしたのは十八年だった」

と、Y子は言う。オイラが十八年も生きていると、Y子も相棒もずいぶん歳を取ってしまう。そのことを考えると、Y子は暗い気分になるらしい。

「どっちが先に、あっちへ逝くんだろうね」

と、時々真面目な顔をしてオイラを見る。オイラには深い意味は分からないが、Y子の悲しそうな顔を見るのはつらい。

そうして、こう思う。誰にも分からない未来のことは考えず、今を楽しむしかあるまいと。いっさいは諸行無常、Y子とオイラの日々も決して過去には遡れない。未来に向かって、静かにゆるゆると流されて行くほかないのだろうと。

人生の楽しみ方

定年退職をしてから九度目の秋を迎える。

私はいわゆる「ワーカホリック」的人間ではなかったので、三十有余年の教員生活を終えたからといって、行き場がないとか、することがないといったことで、鬱になるタイプではなかった。確かに最初は、定時に通勤しなくてもよいということに、多少の違和感はあった。しかし、元来好きなことに時間を使いたいと思う人間なので、自由な生活にはすぐに慣れた。

人の目を気にせず、思いのままに過ごせることとの、なんという素晴らしさよと、枝垂れ桜を眺めながら深呼吸をした。その年の春は、桜がことさら美しく咲いており、「世界は自分のためにある！」などと、子どもじみた思いさえ抱いた。

まず、働いていた数十年の間に、たまりに溜まった数多の「もの」の片付けをした。三ヵ月以上かけて、大方の片付けを終了した時は、頭の中まですっきりした気分になった。改めて、自分は今までの立場から解放されたのだと実感した。

だからといって、私は決して仕事が嫌だったという訳ではない。私は高校の国語教師という仕事を、どこかで楽しんでいた。その仕事は決して楽なことばかりではなかった。しかし生身の人間、しかも若い生徒たちと接することは、やり甲斐があった。一五で入学してきた子どもが、一八の大人として巣立って行くさまは、何度経験しても感動的だった。

自分の説明に目を輝かせて聞き入り、頷いてくれる生徒の表情を見るのは楽しかった。その逆ももちろんあったが、教員生活をふり返って思い出すのは、共感してくれた生徒のことばかりである。マイナス面はグラスの底に沈殿し、浄化された上澄みのところだけが、年々浮かんでくるようになった。ものを片付けながら、心の整理もできたのかもしれない。

一日の時間の使い方が定着し、主婦としての生活にも慣れてきた頃、私はそれまでもやっていた「旅行記作り」に、さらに精を出すようになった。これは旅行に行っては写真を撮り、それらを文章とともにSNS上に載せるという形式のものである。

ちなみに私はSNSというものが、実は好きではない。メカオンチの私が、この旅行記のサイトだけを容認しているというのは、矛盾である。それでもこれを止められないのは、ここで知り合った全国に散らばる気の合う仲間の存在があるからだ。

ところで、私には家族がいる。二人の娘はとうに独立し、東京住まいである。孫娘も二人いる。年に数回会うが、なかなかゆっくりと話し合うことはできない。その点、SNS上での相手とは、毎日互いの情報を交換し合える。年の頃も同じような他人とのやり取りが、長いこと続いている。旅先の感想や立ち寄った店、宿泊したホテル等々、多くの情報が満載された旅行記を毎日覗くことが、ここ数年の私の習慣である。

写真と、そこに書き込まれたコメントを読むと、その人の考え方や、時には生き方すら透けて見えることがある。この人と自分は同種の人間だなぁと共感し、コメント欄に感想を書くと返信がきて、やはり思った通りだったと頷く。

注意すべき点は、深入りしすぎないことで、これは重要である。住む場所も環境も異なる人々との交流だということを肝に銘じ、淡々とおつき合いするのがポイントである。それでもその人の住む場所で自然災害が起きた時などは、お互いに無事を確認し合ったりする。ネット上の知り合いだが、こういう時はほとんど家族のようでもある。

矛盾するようだが、そんな顔も知らない仲間の何人かと実際に会ったことがある。通称オフ会というものだ。中には話してみて隔たりを感じ、その後は差し障りのないつき合いとなった人もいれば、反対に、会って話してみて、ますます意気投合した人もいる。人との縁というのは、こういうことなのかと実感したひとときだった。

こうして私の退職後の時間は、自分でも思いがけないほど多くの出会いに恵まれた。今でも抵抗を感じるSNSだが、人生の後半部分で、生き甲斐とも言える現象を生み出してくれたのは、なんとも皮肉な結果である。

私の旅行記作りに、もう一人欠かせない人物がいる。それは言わずと知れた我が夫である。私の旅行の、ほぼすべてにつき合ってくれている。彼は私と同じく元教員で、教科は地理である。方向オンチの私にとって、旅には必要不可欠な存在だ。

レンタカーを調達した時には、運転も一手に引き受けてくれる。車が替わると対処できない私は、このレンタカー運転に関しては、正直頭が上がらない。私たちは、時にガイドブックにもない場所を訪れることがある。そういうところはたいていすれ違いできない山道で、ヘアピンカーブが延々と続いていたりする。運転技術が未熟な私には、とうてい辿り着けない場所だ。

という次第で、旅行をして、その旅行記を作るという私の楽しみは、実は夫の協力を抜きにしては語れないものである。幸い二人とも旅が好きという共通点があって、これは神に感謝しなければならない。

文学絡みの場所や寺社に興味のある私は、物語の舞台になった場所や岩壁の窪みに造られた寺社などには、ことさら強く惹かれる。しかしそういうところは、たいてい険しい自然の中にある。旅が好きと言いながら、実はインドア派の私にとって、山道や階段は強敵である。肉体を鍛えておかなければ、こういう旅もやがて叶わなくなるだろう。

我が家族の一員に、二年ほど前から猫が加わった。子猫の時は近くの公園を一緒に散歩したりして、屋外に出る機会を作ってくれた。しかし最近は放っておいてほしいらしく、以前のようにつき合ってはくれない。犬と違って、散歩が日課ではないのが困ったところだ。犬を飼えば必要に迫られて散歩をし、結果として自然に運動をすることになる。猫の怠惰なところが好きで飼ったのだから、文句は言えないが。

退職してもうすぐ十年近くになる私の日々は、このように穏やかに経過している。旅と夫と猫、そして毎日パソコンを開ければ、全国の友だちとすぐに繋がれる。こういう生活は、私には合っていると思う。多少運動不足にはなるが、毎日退屈することはない。やりたいことがないという話を時々耳にするが、私はやりたいことがあり過ぎて時間が足りない。仕事を辞めてどうなることかと思っていたが、あっという間の年月だった。

もっともここ二年ほどは、コロナ禍という未曽有の出来事に見舞われて、旅に出られない日が続いている。しかし、なにも遠くに出かけることばかりが旅ではない。庭を眺めてみれば、季節ごとに花は咲く。逞しい植物同士の栄枯盛衰や、虫や鳥たちの健気な姿、そういう当たり前の毎日が、今日も繰り広げられている。

言い古されたことながら、一歩外に出ることが、旅の始まりなのである。季節の移ろいを旅行記にすればいい。欲を出せばきりがないが、ささやかな日々の微妙な変化に驚き、生かされていることに自ずと感謝したくなる。

言うまでもなく、誰にでも行き着く先には死が待ち受けている。人生の終焉までの何年かを、「つまらない」と思って過ごすか、「やりたいことがあり過ぎて、時間が足りない」と思って過ごすのか。どちらが充実しているかは自明であろう。

最期に、「良かった、なかなか恵まれた人生だった」と思えることを目ざして、私は今日も好きなことに励んでいる。旅と夫と猫と、全国に散在する大好きな人々との交流を楽しみながら。

ささやかな羽ばたき

昨年（二〇二二年）の年末に、あるテレビ番組を観た。それはNHKの『映像の世紀バタフライエフェクト　ロックが壊した冷戦の壁』というものだ。番組は、東ドイツ時代に監視社会への怒りを歌ったニナ・ハーゲン、ニューヨークでドラッグや同性愛などを赤裸々に歌う「ヴェルベット・アンダーグラウンド」のボーカル、ルー・リード、西ベルリンから壁の反対側に向けてコンサートを行ったデヴィッド・ボウイの三人について、彼らのロックが東西冷戦の壁を壊すに至る過程を丁寧かつ大胆に描いていた。私は七三分というCMなしの映像を、久しぶりに息を呑んで見つめた。

特にデヴィッド・ボウイと言えば、大学時代夢中になってレコードを買い漁り、隣室に遠慮しつつその曲を聞き続けていた思い出がある。いわゆる「グラムロック」という、大人には理解しがたい分野の音楽の先駆者として、当時ボウイは圧倒的な存在感を放っていた。奇妙で奇抜な衣装と化粧を施した彼は、常識的な（常識とは何ぞや?とは思うが）人間から見たら噴飯物《ふんぱんもの》というよりは、異常者と映ったであろう。

一九四九年に南ロンドンに生まれたボウイは、一九歳でルー・リードの音楽に心酔した。実は私は、ルー・リードの音楽など理解していた訳ではないし、曲のメロディーさえ思い出せない。それなのにボウイが心酔した人というただそれだけの理由で、ルー・リードのコンサートに行ったことがある。当然英語なのだから、何を歌っているのか分からない。ボウイの曲だったら、少しは分かるのになぁと思いながら、私はルー・リードのコンサートに参加している自分に酔っていた。青春とはいつの時代でも滑稽で馬鹿げているものらしい。

しかし、馴染が薄いルー・リードのコンサートに行っておきながら、私はボウイのコンサートに行くことは、ついになかった。来日の情報が入った時、いつも何かの予定があって都合がつかなかったのだ。

番組を観ていると、ボウイの他にもう一人、ルー・リードの音楽に人生を左右された人がいたことを知った。後にチェコスロバキアの大統領になった、劇作家のヴァーツラフ・ハヴェルである。彼は一九六〇年代にニューヨークでルー・リードのレコードを買い、故郷に持ち帰った。祖国の音楽愛好家に紹介すると、それがきっかけで、チェコの若者たちが西側の音楽に目覚めることになった。チェコの人々はこの後、歴史上「プラハの春」と呼ばれる時代を経験することになる。しかし一九六八年八月、ソ連軍のチェコ侵攻があり、「プラハの春」は抑圧された。ハヴェルはこの間、ビール工場で働いたり、反体制派として逮捕、実刑判決を受けるなどの受難の時代が続いた。

一九八九年のベルリンの壁崩壊によって、ハヴェルはチェコの大統領に就任、翌一九九〇年にはルー・リードのプラハ訪問が実現し、ハヴェルは眼前で彼の演奏を聴くことができた。ルー・リードというロックシンガーが、このように歴史の転換点で、何らかの影響を与えていたことを、私は初めて知った。

話をボウイに戻そう。一九八七年六月六日、ボウイは西ベルリンの壁前にある共和国広場で野外コンサートを行った。スピーカーは東側にも向けられていた。彼の声は壁越しに、はっきりと聞こえたという。

忘れないよ　あの壁の横で　銃弾が二人の

頭の上をかすめていったこと
それでもキスしたよね
僕らは英雄になれる　一日だけは

（訳　NHK『ロックが壊したベルリンの壁』より）

ボウイが西ベルリンで作った名曲『ヒーローズ』である。二年後の一九八九年、壁は崩れた。

かつてその珍妙な出で立ちに顔をしかめた常識ある（？）人たちは、ボウイのこの行為をどう受け止めただろう。部屋の壁いっぱいにボウイのポスターを貼っていた私を、親や知人たちは冷ややかな目で眺めたものだった。

ボウイはいつの間にか、すっかり普通の出で立ちをするようになっていた。美しい西洋人らしい顔立ちは依然として健在だったが、その精神は幾つもの変遷を辿っていた。

だが、心まですっかり普通の人になったわけではなく、その胸に秘めた反骨心や自由を愛する心根は最後まで失われていなかった。

テレビが取り上げていた東ベルリンの女性、ニナ・ハーゲンについて少しだけ書きたい。ボウイもリードもハヴェルも故人になってしまったが、このニナ・ハーゲンだけは、現在六八歳で生存している。彼女については、私はこの番組で初めて、その存在を知らされた。一九歳のハーゲンが歌った『カラーフィルムを忘れたのね』は、東ドイツ人の二人に一人は知っているという。反体制的な歌だったらしく、彼女は二一歳でイギリスに亡命した。東西の壁が崩れてドイツに戻ったが、東ドイツ出身のメルケル前首相が就任後、彼女を交えた対談中に、彼女は首相の意見を聞くことなく退席した。

実はメルケルは若い時に彼女の歌を聞き、それが青春の歌だったと述べている。

メルケルは、自分の退任式の時の曲に、このハーゲンの曲を希望した。楽団員たちは戸惑った。楽譜も何もなかったというその曲を一週間でものにした。

『カラーフィルムを忘れたのね』を聴きながら、メルケルは満足しているように私には思えた。ハーゲンは、このニュースをどこかで見たのか、「退任式にこの曲をやるなんてフェイクよね！」と、ネットに書き込んでいた。

「ロック」という音楽ジャンルは、かつては「不良やろくでなしの人間」のやるものという認識だった。私が若かった頃は特にそうだったし、彼らの異様な風体が、さらにそういう空気を生み出していた。しかしその楽曲や、そこに込められた主張が人々、特に若者を惹きつけてやまない時、それが世界を変えることもあり得るのだ。訳が分からないまま、ボウイの音楽を称賛し、ルー・リードのコンサートに駆けつけた私も、どこか小さな小さな部分で、時代の変革に関わっていたのだろうか？

ひとつのわずかな変化が、後に大いなる結果をもたらすというのが「バタフライエフェクト」の意味らしい。確かにロックがベルリンの壁を壊すなどと、誰が予測できたろう。この映画に出て来た三人のロックシンガーたちも、自分たちが時代の変革に寄与したなどとは誰も思っていまい。なぜなら彼らの行為は、言うに言われぬ内奥からの叫びを歌ったに過ぎないからだ。

最後に、日本での「バタフライエフェクト」について考えてみたい。特にボウイは、その後の日本に少なからぬ影響を及ぼした。日本には「男装の麗人」という存在は「宝塚歌劇団」を通して昔からあったが、その逆は歌舞伎の世界を除いてはあまり見当たらなかった。それがボウイの出現以降、芸能界などで、男性の化粧というものが見られるようになった。

昔は日陰に追いやられていた「ゲイ」と呼ばれる人々が、堂々とテレビにも出演し、また化粧した男性歌手も高らかに歌声を披露している。

少し前までは考えられなかった同性婚の問題なども、公に取り上げられるようになった。「男らしく」「女らしく」ということ自体がナンセンスと考えられ、性差を超えたものの見方が一般的となりつつある。

こうしてボウイたち「バタフライ」は、冷戦の壁を壊しただけでなく、日本社会にも大きな変革をもたらしたと言えよう。

バタフライの微かな羽ばたき、それがやがて大きなうねりとなって、既存の価値観を変えようとしているのだ。

あとがき

文章を書き始めたのは、定年退職後である。知人から随筆を書いてみない？　と誘われたのがきっかけだった。

毎月、七、八人のメンバーが集まり、コーヒーを飲みながらお互いの作品について講評し合った。一人で文章を書いていても、自己満足で終わってしまい、他人にどう評価されるのか、他人は自分の文章を読んでどう思うのか分からない。人に評価されて初めて、自分の文章の善し悪しが判断できる。この随筆の会に入会したのは、私にとって大きな自己発見の場だった。会誌は年に二回発行された。

自分の書いたものが活字化されるという経験も、新鮮なものだった。

仲間たちとの月一回の集まりも、生活にメリハリができて楽しみの一つとなった。

そのうちに各種の芸術祭やコンクールなどがあり、出品してみたところ、いくつかの賞もいただいた。書くことに対する興味・関心はますます深まった。

現在退職して一〇年経つが、毎日がけっこう楽しい。人生において目的を持つことの必要性を、日々実感している。

私にとっての今後の課題は、生活感のある文章が書けるようになることだ。日々の生活の中から生まれるさりげない出来事を、さりげなく書けるようになるために精進中である。そんな中で、これまでに書いた文章を整理し、形として残したいと思うようになった。

文芸社の皆様のアドバイスを受け、少しずつできあがってくる過程は、ワクワク感の連続である。私にこのような機会を与えてくださった文芸社の皆様、本当にありがとうございました。

二〇二三年　二月吉日

著者記す

著者プロフィール

柊 祐美（ひいらぎ ゆみ）

1952年11月生まれ　栃木県出身

大学卒業後、栃木県立学校の教員となる。定年退職するまで、県内の高校で国語を教える。

現在は『ずいひつの杜』という冊子を同人とともに発行、仲間との交流を楽しみにしている。

趣味は旅で、飼い猫を残して行くことが悩みの種である。

2019年　第９回随筆にっぽん大賞（主催　随筆文化推進協会）
　　　　『魏志倭人伝の島へ　壱岐』

2019年　第73回栃木県芸術祭　随筆部門　準文芸賞
　　　　『約束の「ホーランエンヤ」』

2020年　第74回栃木県芸術祭　随筆部門　文芸賞
　　　　『オオミズアオの記憶』

2021年　栃木県芸術祭　随筆部門の審査員となる。

玉響《たまゆら》　時の間《あわい》を旅して

2023年８月15日　初版第１刷発行

著　者　柊 祐美

発行者　瓜谷 綱延

発行所　株式会社文芸社

〒160-0022　東京都新宿区新宿１－10－１

電話　03-5369-3060（代表）

03-5369-2299（販売）

印刷所　図書印刷株式会社

ISBN978-4-286-24192-0